Alice et les diamants

Retrouvez *Alice*

dans la Bibliothèque Verte

Alice et le diadème
Alice à Venise
Alice et la pantoufle d'hermine
Alice et les chats persans
Alice et la poupée indienne
Alice et le violon tzigane
Alice et la rivière souterraine
Alice chez le grand couturier
Alice au ranch
Alice chez les Incas
Alice en Écosse
Alice au Canada
Alice et l'esprit frappeur
Alice écuyère
Alice et la réserve des oiseaux
Alice et le cheval volé
Alice au bal masqué
Alice chez les stars
Alice et le fantôme de la crique
Alice et l'architecte diabolique
Alice et la malle mystérieuse
Alice au manoir hanté
Alice et la dame à la lanterne
Alice et le chandelier
Alice et les faux-monnayeurs
Alice au manoir hanté
Alice et les diamants

Caroline Quine

Alice et les diamants

Traduction
Anne Joba

Illustrations
Marguerite Sauvage

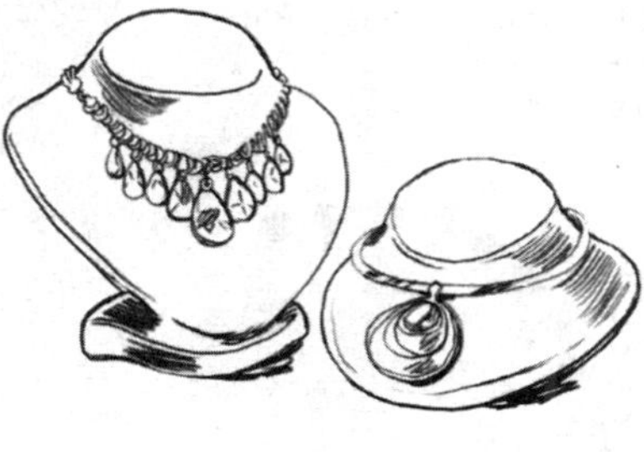

HACHETTE
Jeunesse

Alice

Jeune détective de choc, extrêmement perspicace et courageuse pour ses dix-huit ans. Au volant de son cabriolet, elle se lance dans des enquêtes toujours trépidantes... quitte à affronter des adversaires aussi malhonnêtes que dangereux !

Marion

Le garçon manqué de la bande. Avec Bess, c'est la meilleure amie d'Alice... Grande sportive, elle a le goût de l'aventure, et ne dit jamais non à une bonne enquête !

Bess

C'est la cousine de Marion. Gourmande, coquette et aussi un peu timorée, elle finit cependant toujours par suivre ses amies dans les aventures les plus risquées...

James Roy

Le père d'Alice.
Ce célèbre avocat prête souvent main forte à sa fille dans ses enquêtes... quand ce n'est pas Alice qui l'aide à résoudre les énigmes les plus ardues !

Ned

Lorsqu'il n'est pas retenu par ses épreuves sportives ou par ses cours à l'université, ce beau jeune homme aide les trois amies à résoudre les mystères les plus ténébreux... pour le plus grand plaisir d'Alice !

L'ÉDITION ORIGINALE DE CE ROMAN A PARU EN LANGUE ANGLAISE CHEZ
GROSSET & DUNLAP, NEW YORK, SOUS LE TITRE :
THE MYSTERY AT LILAC INN

Traduction revue par Anne-Laure Estèves.

Hachette Livre, 43, quai de Grenelle, 75015 Paris.

chapitre 1

Rencontre imprévue

Un cabriolet bleu roule rapidement sur la route qui longe le lac. Soudain il ralentit devant un grand panneau qui annonce :

AUBERGE DES LILAS :

Venez goûter son poulet à l'estragon,

Au volant, Alice, une jolie jeune fille d'environ dix-huit ans, sourit en lisant ces mots alléchants.

« Tiens ! tiens ! mon plat préféré, se dit-elle. Si je m'offrais un bon déjeuner ? »

Peu après, elle se gare derrière l'auberge ; une pelouse descend en pente douce vers le lac.

Alice est tellement absorbée par la beauté du paysage qu'elle ne voit pas approcher une jeune fille qui a apparemment le même âge qu'elle.

— Alice ! s'écrie la nouvelle venue en se précipitant vers elle.

En entendant prononcer son nom, Alice sursaute et se retourne. À la vue d'une de ses anciennes camarades de classe, un large sourire lui éclaire le visage. Emily Crandall n'a pas changé, elle est toujours aussi jolie.

Depuis la mort de sa mère, elle est sous la tutelle d'une jeune veuve, Mme Julia Faustine, une parente assez éloignée qu'elle considère comme sa tante.

— Emily ! s'écrie Alice, ravie. Qu'est-ce que tu fais ici ?

— Je voulais voir une amie à River City. Tante Julia m'a prêté sa voiture. Mais je suis tombée en panne et je suis venue à pied jusqu'ici pour essayer de trouver de l'aide. Et toi, tu es encore sur la piste d'un dangereux gangster ?

— Pour une fois non ! répond Alice. Je crois que j'ai eu ma dose de mystères pour un bon bout de temps. D'ailleurs, si j'étais en quête d'une histoire louche, ce n'est certainement pas dans un endroit aussi paisible que cette auberge que je viendrais.

— Oh ! Les mystères peuvent surgir dans les endroits les plus imprévus, et toi, tu as le don de les attirer ! Il paraît que tu as accompli un véritable exploit lors de ta dernière aventure. On ne parle que de toi dans les journaux.

— Oh ! Les journalistes ont un peu exagéré mon rôle dans cette histoire, dit Alice modestement.

Et, pour changer de sujet, elle demande :

— Tu as déjeuné ?

— Non, pas encore.

— Dans ce cas, viens manger avec moi, on s'occupera de ta voiture après.

— Excellente idée, approuve Emily enchantée.

Bras dessus, bras dessous, les deux jeunes filles entrent dans l'auberge. Un serveur conduit les deux amies près d'une fenêtre d'où elles ont une très jolie vue sur le lac et les pelouses.

Alice étudie le menu.

— Je meurs de faim, dit-elle. Depuis ce matin, je n'ai avalé que des kilomètres ! Près de cent ! Papa m'a envoyée porter des papiers à M. Vinkel, un des juges de Bracoll, et je suis repartie sans rien manger.

Elles commandent leur repas puis Alice se renfonce sur sa chaise.

— Raconte-moi un peu ce que tu as fait ces derniers temps, Emily. Ça fait des siècles que je ne t'ai pas vue.

— Je viens de passer un mois dans une petite maison au bord de la mer.

— Seule ?

— Oh ! Non, avec tante Julia. Elle est très

gentille, tu sais. Mais elle ne sera bientôt plus ma tutrice. Je vais être émancipée légalement.

— Ah bon ? demande Alice, surprise.

— Mais oui. J'aurai dix-huit ans vendredi prochain. J'ai vraiment hâte, tu sais. Je vais enfin pouvoir toucher mon héritage.

— Ton héritage ? Comment ça ? Je ne savais pas...

— Moi non plus, jusqu'à la semaine dernière, répond Émilie. Ma mère ne m'a pas laissé grand-chose, mais ma grand-mère m'a légué les bijoux de la famille Crandall. D'après le testament, je dois les recevoir le jour de mes dix-huit ans.

— Oh ! Emily, c'est formidable ! J'ai entendu parler je ne sais pas combien de fois des fameux bijoux Crandall !

— Ce sont des merveilles et ils valent une fortune.

— J'aimerais beaucoup les voir.

— Pas de problème ! Tante Julia doit me les remettre vendredi. Tu n'as qu'à venir ce jour-là avant que je les mette dans un coffre, à la banque.

— C'est d'accord !

Le serveur vient de leur apporter les entrées.

— Tu ne m'as encore rien raconté sur toi, reprend Emily. C'est ma faute, je n'arrête pas de parler de moi !

— En fait, je n'ai pas grand-chose à dire.

L'année dernière, je suis partie au bord de la mer moi aussi, mais cette année, je crois que vais être obligée de rester à River City tout l'été, à moins que je ne trouve quelqu'un pour remplacer Sarah.

— Votre gouvernante vous quitte ?

— Pour quelques semaines seulement, j'espère. Sa sœur est malade et Sarah veut s'occuper d'elle. Elle va partir d'un jour à l'autre.

Elles terminent leur repas et, malgré les vives protestations d'Emily, Alice règle l'addition. Elles sortent de la salle du restaurant et s'arrêtent dans l'entrée.

— Tu m'excuses deux minutes, je voudrais passer un coup de fil, dit Alice. Il faut que je prévienne papa que je vais être en retard, sinon il va s'inquiéter.

Après une brève attente, elle entend la voix familière à l'autre bout du fil.

— C'est toi, Alice ! s'exclame James Roy dès qu'elle s'est présentée. Ça tombe bien que tu appelles ! Je viens de recevoir un appel du juge Polson. Il va venir passer le week-end à la maison. Tu sais que c'est un homme très important.

— Ne t'inquiète pas, on s'en tirera très bien.

— Mais ce n'est pas tout, Alice. Sarah vient d'apprendre que sa sœur a fait une rechute. Elle a décidé de prendre le train de quinze heures vingt. Je la conduirai à la gare. Il faut que tu te mettes à la recherche d'une remplaçante au plus vite.

— Je rentre tout de suite, papa. Je verrai ce que je peux faire.

Alice raccroche et va retrouver son amie Emily Crandall. Elle lui explique rapidement qu'elle doit regagner River City sans tarder.

— Tu veux que je te dépose au garage le plus proche ? propose-t-elle. Tu reviendras avec un mécanicien jusqu'à ta voiture.

— Oui, ça m'arrangerait bien.

Quelques minutes plus tard, elles s'arrêtent devant un garage et Emily descend.

— N'oublie pas de venir voir mes bijoux vendredi prochain ! rappelle-t-elle à Alice en lui disant au revoir.

Il est exactement quatorze heures trente quand Alice se gare devant chez elle. Juste à ce moment, son père apparaît sur le perron, portant une valise et suivi de Sarah.

— Oh ! ma petite Alice, commence la gouvernante. Si tu savais combien je suis désolée de vous abandonner tous les deux comme ça ! Mais ma pauvre sœur...

— Mais bien sûr, il faut que tu y ailles, répond vivement la jeune fille. Ne t'inquiète pas pour moi. Je m'en tirerai d'une manière ou d'une autre.

— Tu es gentille, ma chérie ! Je reviendrai dès que je le pourrai.

— Ne t'en fais pas, reste aussi longtemps que ta sœur aura besoin de toi.

— Allez, dépêchons-nous si vous ne voulez pas manquer le train, Sarah, coupe James Roy. La gare n'est pas tout près.

Alice suit des yeux la voiture de son père jusqu'à ce que celle-ci disparaisse totalement de sa vue, puis, lentement, regagne la maison.

« Sarah n'a pas tort, songe-t-elle, je me demande comment je vais faire sans elle. »

Depuis la mort de Mme Roy, Sarah dirige la maison, et elle s'en sort si bien que James Roy ne se doute pas de la lourde responsabilité qui retombe maintenant sur les épaules de sa fille.

Avocat réputé, spécialisé dans les affaires criminelles, James Roy est souvent amené à recevoir des gens importants, et, en parfaite maîtresse de maison, Alice accueille à ses côtés des personnalités très en vue.

À force d'assister aux entretiens de son père avec des enquêteurs privés et des agents de police, elle s'est peu à peu découvert une vocation de détective.

Elle sait que son père ne se fait aucun souci : il est persuadé que samedi, quand le juge arrivera, la maison sera en ordre et l'organisation du week-end sous contrôle. Mais Alice, qui sait combien il est difficile de trouver une perle comme Sarah, est préoccupée.

« Je vais téléphoner à une agence de recrutement et je verrai bien ce qu'on me proposera », décide-t-elle.

Elle appelle le meilleur cabinet de River City et explique quel genre de personne elle recherche, en s'efforçant de ne pas se montrer trop difficile.

— Nous ferons de notre mieux, mademoiselle, lui répond-on. Mais en ce moment nous n'avons qu'une seule candidate.

— Envoyez-la-moi, dit Alice.

Quand son père revient de la gare, la jeune fille commence à lui raconter sa rencontre avec Emily Crandall. Mais elle est interrompue par la sonnette. Alice court ouvrir. Dépitée, elle voit une femme d'aspect négligé sur le pas de la porte.

— Bonsoir, je m'appelle Suzanne Brink, dit-elle nonchalamment. Je viens pour la place de gouvernante.

Alice la fait entrer et commence à lui poser quelques questions.

— Est-ce que vous pouvez me parler de vos précédentes expériences dans le métier, s'il vous plaît ?

— En fait, je n'ai jamais occupé cette fonction. Mais ça ne doit pas être bien difficile, ajoute-t-elle en voyant qu'Alice n'est pas satisfaite de la réponse.

— Pourquoi voulez-vous exercer ce métier ?

— Il faut bien gagner sa vie...

L'entretien se poursuit encore quelques minutes mais Alice comprend vite que la candidate ne fera pas l'affaire.

— Je suis désolée, dit enfin la jeune fille, mais je crains que vous ne conveniez pas au profil que je recherche.

— Ah bon..., fait Suzanne Brink, sans montrer plus d'émotion.

C'est avec un sentiment de déception mêlé de soulagement qu'Alice suit du regard la femme qui s'éloigne.

Elle appelle aussitôt une autre agence de recrutement. Après une longue discussion avec la directrice elle lui arrache enfin la promesse qu'on lui enverra une cuisinière dès le lendemain matin.

— Pourvu qu'elle soit mieux que celle-ci ! soupire Alice en rejoignant son père au salon. Je ne sais pas pourquoi, mais j'ai l'impression que cette histoire de gouvernante va nous en faire voir de toutes les couleurs.

chapitre 2

Une curieuse candidate

— Papa, si tu savais quelle matinée j'ai passée ! soupire Alice en sortant de la cuisine.

L'air épuisé, elle détache son tablier.

— Ce matin, l'agence de recrutement m'a envoyé une nouvelle cuisinière. Elle était encore pire que celle que j'ai vue hier soir. Elle a jugé que la maison était trop grande et que ça lui donnerait trop de travail. Du coup, elle a préféré partir sans que j'aie eu le temps de dire quoi que ce soit.

— Je suis vraiment désolé, ma chérie ! dit M. Roy. Tu veux que j'appelle le juge pour annuler sa venue ce week-end ?

— Non ! Ne t'inquiète pas, je trouverai quelqu'un d'ici là, même si je dois remuer ciel et terre ! déclare Alice résolue. Il y a encore une agence que je n'ai pas essayée.

Après le départ de son père, Alice appelle le dernier cabinet de recrutement et pousse un soupir de soulagement en entendant une voix aimable lui assurer qu'on lui enverra une candidate dans l'heure.

Quelques instants plus tard, elle ouvre la porte à la candidate annoncée, une jeune fille grande et mince, au regard insolent.

— C'est bien ici qu'on a besoin d'une cuisinière ? demande la jeune fille d'un ton détaché.

Alice n'a qu'une envie : lui refermer la porte au nez. La fille a un air hypocrite. Mais, ne voulant pas juger la candidate uniquement à son apparence, elle décide de lui laisser sa chance et, le sourire aux lèvres, invite la jeune fille à entrer dans le salon.

— Comment vous appelez-vous ?

— Mary Mazo.

— Est-ce que vous avez de bonnes références ?

Pour toute réponse, la jeune fille tire de son sac une enveloppe qu'elle tend à Alice. À l'intérieur, il y a plusieurs lettres de recommandations de ses précédents employeurs. Alice les parcourt rapidement. À sa grande surprise, tous sont très élogieux. La jeune fille semble même avoir assumé des postes à responsabilités importantes. Alice, qui était sur le point de la congédier, hésite maintenant. Mary Mazo ne lui fait pas bonne impression, mais la fin de la semaine approche. Alice n'a donc plus vraiment le choix.

Alice pose à la jeune fille quelques questions d'ordre plus personnel.

— Où habitez-vous ?

— À River City, répond la jeune fille. J'ai emménagé ici à la mort de mes parents, il y a deux ans.

— Oh..., murmure Alice.

Bizarrement, elle n'arrive pas à éprouver de compassion pour cette jeune fille. Pourquoi ? Elle ne saurait le dire. Elle en vient même à se demander si Mary Mazo ne lui ment pas effrontément.

— Quel âge avez-vous ? poursuit-elle.

— Vingt-deux ans.

À nouveau, cette réponse surprend Alice, car elle donnait à Mary Mazo au moins trois ans de plus. Elle lui pose ensuite quelques questions concernant ses emplois précédents, et les réponses de la candidate lui paraissent plus satisfaisantes. Une chose est certaine : elle sait faire la cuisine et tenir une maison. Malgré quelques réticences, Alice décide de l'engager et de la garder au moins jusqu'à la fin du séjour du juge Polson. Il sera toujours temps de la congédier après si elle ne fait pas l'affaire.

— Écoutez, je vous engage à l'essai pour une

semaine, dit Alice. Quand pouvez-vous commencer ?

— Cet après-midi même si vous voulez. Mais nous n'avons pas encore parlé de salaire...

— Ah ! Oui, excusez-moi. J'offre une somme assez élevée, mais en échange j'attends un service irréprochable. Vous débuterez à trois cents dollars par semaine, logée et nourrie, et vous disposerez d'un jour de congé hebdomadaire. Est-ce que ça vous convient ?

— Bah ! Ça ira.

— Si nous sommes d'accord sur ce point, je vais vous parler un peu du travail qui sera attendu de vous. La situation de mon père nous oblige à recevoir souvent et je tiens à ce que tout soit parfait. La maison doit toujours être impeccable et vous aurez souvent à faire la cuisine pour un grand nombre d'invités.

— Rassurez-vous, ça ne me fait pas peur, répond la jeune fille d'une voix indifférente.

— Bien, je ne vois rien d'autre à vous dire ce matin. Je vais préparer votre chambre et vous pourrez apporter vos affaires cet après-midi.

Mary Mazo se lève. Alice l'accompagne jusqu'à la porte. En l'ouvrant, elle se rend compte qu'elle n'a même pas pensé à se présenter.

— Au fait, je m'appelle Alice Roy, dit-elle avec un sourire.

L'attitude vaguement méprisante de Mary Mazo disparaît comme par enchantement.

— Alice Roy ? répète-t-elle, la voix étranglée.

— Oui, pourquoi ?

La jeune fille ne paraît pas entendre. Alice, qui la regarde fixement, voit son visage devenir blanc comme un linge et ses yeux s'écarquiller.

— Je ne savais pas..., balbutie la jeune fille. On... on m'avait simplement donné votre adresse... Vous êtes la fille de... ?

— James Roy, termine Alice. Vous avez entendu parler de lui ?

— Votre père... il est avocat, non ?

— Oui, il est spécialisé dans les affaires criminelles.

Cette réponse a sur Mary Mazo un effet surprenant. Elle recule d'un pas et sa main agrippe la poignée de la porte. Elle a l'air soudain très perturbée.

— Je suis désolée mais je ne peux pas travailler chez vous, mademoiselle, dit-elle.

— Pourquoi ça ?

— Je... je ne savais pas que votre père était avocat.

— Je ne vois pas où est le problème, s'étonne Alice.

— Il n'est pas question que je travaille dans une maison pareille ! Jamais de la vie !

— Mais mon père est très gentil. Vous n'avez pas à avoir peur de lui.

— Oh ! Ce n'est pas que j'ai peur, répond vivement Mary, mais je me méfie. J'ai déjà travaillé chez un avocat et il n'arrêtait pas de recevoir des gens plutôt louches. Je n'ai aucune envie d'être mêlée à des affaires suspectes. Laissez-moi partir.

Alice finit par s'écarter. Mary Mazo franchit vivement le seuil et s'en va presque en courant. Alice, complètement désorientée, la regarde disparaître à l'angle de la rue. La jeune fille a-t-elle inventé cette histoire ou est-elle sincère ?

— Ça alors ! s'exclame-t-elle. Quel drôle de personnage !

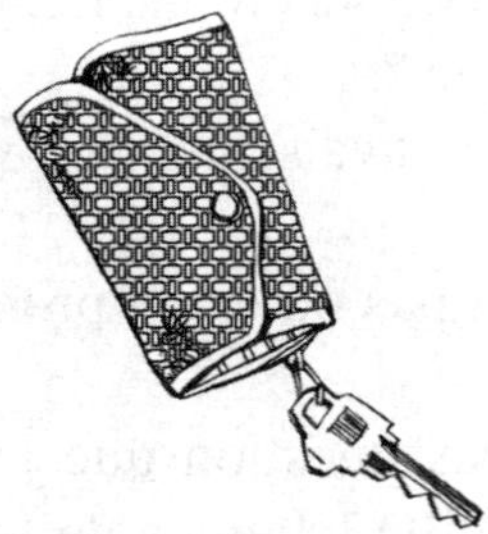

chapitre 3

Où il est question des bijoux Crandall

Alice éprouve quelques minutes de découragement après le départ précipité de Mary Mazo, mais elle reprend vite le dessus. Après tout, la candidate était loin de lui plaire et il y aura certainement d'autres personnes à voir dans la journée.

Pourtant, ses recherches de l'après-midi ne sont pas très concluantes. Trois candidates se présentent mais aucune ne correspond au profil recherché. La première est trop jeune et manque d'expérience. La deuxième refuse tout net de travailler le soir et les week-ends et la dernière ne cuisine que des plats végétariens.

Alice commence à désespérer lorsque enfin, dans la soirée, elle tombe sur Mme Rose Merlin, une femme d'un certain âge qui lui plaît immédiatement. C'est une personne soignée aux références excellentes. Ravie, Alice l'engage sur-le-champ.

En moins d'une journée, Mme Merlin a tout compris à l'organisation de la maison.

— Soyez tranquille, mademoiselle Alice. Je m'occuperai de tout.

Alice, enchantée d'être délivrée d'un gros souci, peut enfin songer à se rendre chez son amie Emily. Car elle n'a pas oublié sa promesse d'aller admirer les célèbres bijoux.

Après un petit déjeuner rapide, elle sort sa voiture et prend la direction de la villa Crandall, située au bord du lac. Arrivée sur place, elle frappe à la porte. Emily lui ouvre aussitôt.

— Oh ! Alice. Tu n'as pas oublié !

— Bon anniversaire, Emily !

— Merci, Alice. Si tu savais comme je suis heureuse aujourd'hui !

— Ça y est ? Tu as reçu ton héritage ?

Le joli visage d'Emily s'assombrit.

— Non, je n'ai pas encore mes bijoux. Tante Julia ne me les donnera que ce soir finalement. Ils étaient dans une banque, à Melville. C'est assez loin d'ici, et tante Julia n'a pu partir que ce matin très tôt. Il fallait qu'elle les récupère en personne. Elle y est allée avec une de ses amies, Mme Voltir. Je n'aime pas beaucoup cette femme et, de toute façon, il n'y avait pas de place pour moi dans la voiture : c'est une deux places. Je verrai mes bijoux ce soir, tant pis.

— Mais alors, tu seras obligée de les garder chez toi toute la nuit.

— C'est vrai que ça m'ennuie un peu. Je pourrais me les faire voler. Ça représente une vraie fortune, tu sais ! Mais je ne pense pas qu'il y ait de raisons de s'inquiéter. À part toi et Mme Voltir, personne ne sait que je suis devenue « une riche héritière », répond l'amie d'Alice en riant.

— Effectivement, je crois que tu ne risques pas grand-chose à les garder une nuit chez toi, répond la jeune détective qui ne veut pas alarmer Emily.

— De toute façon, je suis bien trop heureuse en ce moment pour penser à ce genre de choses ! Regarde ! dit-elle en tendant la main vers son amie.

Un diamant brille de tous ses feux à l'annulaire de sa main gauche.

— Emily, tu es fiancée !

L'amie d'Alice acquiesce avec un joyeux sourire.

— Je te raconte tout, si tu me promets de ne rien répéter à personne.

— Promis !

— Je suis fiancée à Bill Dahl. Tu l'as déjà

rencontré. Tu te souviens de lui ? Il travaille chez Granger et Cie.

— Ah oui ! je me rappelle. Je suis ravie pour toi.

— On voudrait se marier l'automne prochain, reprend Emily. Mais pour l'instant, il ne gagne pas suffisamment d'argent pour nous permettre de vivre tous les deux et, comme on n'a pas envie d'attendre que j'aie fini mes études... En fait, il aimerait reprendre une société, mais pour ça, on lui demande une somme, qui n'est pas très importante, mais qui reste au-dessus de ses moyens. S'il arrive à réunir cet argent, je suis sûre qu'il pourra redresser l'affaire rapidement et on pourra se marier. Je vais te dire ce que je compte faire mais il faut que tu me promettes de garder le secret.

— C'est d'accord.

— J'ai l'intention de vendre quelques-uns de ces bijoux et, avec la somme que j'en tirerai, Bill pourra racheter cette entreprise. Je sais qu'il est très doué et qu'entre ses mains elle se développera vite. Bien sûr, je garderai une partie des bijoux et je les ferai peut-être même monter par un joaillier. Mais à quoi bon tout garder ? Ils dormiraient dans un coffre. Tu penses que j'ai tort de vouloir aider Bill ?

— Pas du tout, répond Alice. C'est très généreux de ta part. Je vous souhaite à tous les deux beaucoup de bonheur.

— J'étais sûre que tu m'approuverais, dit Emily, ravie. Dis, tu veux rester ici jusqu'au retour de ma tante ?

— J'aurais bien voulu mais je n'ai vraiment pas le temps. Si je peux, je te promets de faire un saut demain.

— Super ! Et tu verras enfin ces fameux bijoux. Je brûle d'impatience de te les montrer.

Emily embrasse son amie et rentre dans la villa.

Alice reste immobile quelques minutes dans son cabriolet.

« Si jamais quelque chose arrivait à ces bijoux, Emily serait désespérée », songe-t-elle.

chapitre 4

À l'auberge des Lilas

Au moment même où Alice dit au revoir à Emily Crandall, des événements étonnants se déroulent à quelques kilomètres de là. À l'auberge des Lilas, un élégant cabriolet s'arrête dans la cour et deux femmes raffinées en sortent. C'est Mme Faustine accompagnée de son amie Mme Voltir.

En s'éloignant de la voiture, Mme Faustine jette un rapide coup d'œil autour d'elle et d'un geste nerveux serre contre elle un gros sac à main. Mme Voltir marche tout près d'elle.

— Vous pensez que c'est prudent de déjeuner ici ? demande Mme Voltir à voix basse. Nous ne pouvons pas nous permettre de faire courir le moindre risque à ces bijoux.

— Chut ! Taisez-vous. Il ne faut pas qu'on sache que je les ai sur moi.

Vivement, les deux femmes suivent l'allée qui conduit au restaurant. Le serveur installe les deux amies à une table donnant sur le jardin. Mme Faustine pose le sac sur la table et laisse échapper un soupir de soulagement.

— Je sais bien que personne ne se doute de ce que nous transportons, Clara. Mais, je dois dire que je serai soulagée quand Emily aura placé les bijoux en sûreté.

Le garçon vient prendre la commande et s'éloigne.

— Vous avez vu comme il a lorgné sur mon sac ? chuchote Mme Faustine.

— Non, mais de toute façon il n'a pas la moindre idée de son contenu. Vous savez, je ne me sens pas plus à l'aise que vous. Je ne sais pas pourquoi, j'ai l'impression que quelqu'un écoute notre conversation.

Et en achevant ces mots, Mme Voltir a un petit rire nerveux.

— Que nous sommes bêtes, Clara ! Personne ne fait attention à nous.

— Pourtant, je jurerais que la femme qui est assise là-bas dans le coin est en train de nous surveiller. Celle qui a des yeux noirs perçants... Son visage ne m'inspire rien de bon...

Mme Faustine jette un coup d'œil rapide dans la direction indiquée et hoche la tête.

— Ah ! Voici nos plats. Nous n'avons qu'à nous dépêcher de manger et nous en aller.

Soudain, avant même que Mme Faustine ait pu prévenir son geste, le garçon soulève le sac afin de faire un peu de place.

— Ne touchez pas à ça ! ordonne-t-elle sèchement.

— Je vous demande pardon, madame, dit poliment le jeune serveur.

— Euh... Ce n'est pas grave, murmure Mme Faustine pour s'excuser, car elle vient de se rendre compte que le garçon a tout simplement voulu poser le sac à un endroit plus pratique. Ça ira comme ça.

Le serveur s'éloigne vers la cuisine, son plateau sur le bras. Mme Faustine et son amie échangent des regards inquiets.

— Il a dû s'étonner de son poids quand il l'a soulevé, Clara !

— Oui, mais ne vous inquiétez pas, ici le personnel est au-dessus de tout soupçon, répond Mme Voltir.

— Vous avez sans doute raison. Mais à partir de maintenant, je ne quitte pas le sac des yeux.

Les deux amies se taisent et essayent de se concentrer sur leur repas. Elles n'ont qu'une hâte : quitter l'auberge au plus vite. Enfin, à leur grand soulagement, on leur apporte le café.

Mme Faustine a à peine bu la première gorgée qu'une femme assise à l'autre bout de la salle lance un cri de frayeur.

Aussitôt tous les regards se tournent vers elle. Mme Faustine laisse tomber sa cuillère sur la table. Mme Voltir bondit sur ses pieds et pousse un hurlement à son tour.

— Oh ! Regardez ces voitures !

— Ils vont se tuer !

L'accident se produit en moins d'une seconde. Horrifiés, les clients du restaurant entendent un choc terrible. Deux voitures viennent de se rentrer dedans au carrefour.

Tous se précipitent aux portes ou aux fenêtres. La confusion la plus complète règne pendant les quelques minutes qui suivent.

— J'ai tout vu ! crie Mme Voltir. Il y a sûrement des blessés !

— Quelle horreur ! gémit Mme Faustine.

Plusieurs hommes quittent le restaurant et courent sur les lieux de l'accident. Un des serveurs bondit jusqu'au téléphone et appelle les pompiers.

L'angoisse s'apaise comme par enchantement quand la directrice du restaurant, une femme d'âge mûr, au visage souriant, revient rassurer ses clients.

— On a échappé au pire, dit-elle. Il n'y a que

des blessés légers. Mais les deux voitures sont très abîmées.

— Ouf ! soupire Mme Faustine en s'éloignant de la fenêtre donnant sur la route.

Tout le monde regagne sa place. Mais au moment où Mme Voltir se laisse tomber sur sa chaise, ses yeux s'arrondissent de stupeur.

— Oh ! Julia ! s'écrie-t-elle d'une voix affolée. Votre sac ! Où est-il ?

Mme Faustine se précipite vers la table, les traits tendus par l'inquiétude.

— Mais je croyais que vous l'aviez pris ?

— Je n'y ai pas touché. J'ai tout oublié quand j'ai entendu le bruit de la collision,.

— Il doit forcément être ici. Regardons sous la table.

Mme Voltir soulève les pans de la nappe : pas l'ombre d'un sac sous la table.

— Non, Julia, il n'y est pas !

Poussant un long gémissement, Mme Faustine s'effondre sur sa chaise.

— Qu'est-ce que je vais faire ? se lamente-t-elle. On nous l'a volé ! Pauvre Emily !

— Mais enfin, c'est impossible, s'écrie Mme Voltir au comble du désarroi. Il ne peut pas être loin ! Il est peut-être coincé entre la table et le mur.

Les deux femmes écartent la table de la paroi. Pas de sac !

Les éclats de voix des deux femmes et leurs gestes désordonnés ne tardent pas à attirer l'attention des autres clients qui, bientôt, font cercle autour d'elles. La gérante se rapproche et leur demande ce qu'il se passe.

— Mon sac ! gémit Mme Faustine. On me l'a pris !

— S'il vous plaît, madame, calmez-vous ! C'est probablement une erreur, dit la responsable du restaurant.

— Ce n'est pas possible ! J'ai à peine tourné le dos une minute au moment de l'accident pour aller regarder par la fenêtre. Et quand je suis revenue à ma table, le sac avait disparu. J'exige que l'on fouille tout le monde !

— Un instant, s'il vous plaît, intervient la gérante. Voyons les choses calmement. Combien d'argent aviez-vous dans votre sac ?

— Quelques billets seulement, mais il contenait une fortune en bijoux ! Des diamants pour la plupart, de très grande valeur, et qui ne m'appartenaient pas, en plus.

Quelques personnes, indignées, se lancent aussitôt dans des recherches frénétiques dans toute la salle. Impossible de mettre la main sur le fameux sac.

— Je suis vraiment désolée de ce qui vous arrive, dit la responsable du restaurant, le sourcil froncé. Mais permettez-moi de vous faire remarquer que ce n'était pas très raisonnable de vous promener avec d'aussi beaux bijoux et surtout de les apporter dans un lieu public. Nous mettons un coffre à la disposition de nos clients. Puisque vous n'avez pas jugé utile de nous les confier, le restaurant ne peut pas être tenu pour responsable du vol. Mais, bien sûr, je vous promets de faire le maximum pour vous aider à récupérer vos bijoux.

— On me les a volés ici même ! s'écrie Mme Faustine. J'insiste pour qu'on fouille tout le monde !

La gérante hésite, elle craint que ses clients n'apprécient pas particulièrement la manœuvre.

— Je suis tout à fait disposée à être fouillé ! déclare vivement un monsieur.

Aussitôt, d'autres se joignent à lui. Deux femmes, pourtant, se montrent scandalisées. L'une d'elles, celle qui avait éveillé l'attention de Mme Faustine et de Mme Voltir un peu plus tôt, tente de gagner discrètement la porte.

— Arrêtez-la ! crie Mme Voltir. Il faut la fouiller comme les autres !

— Je vous signale que vous n'avez aucun droit d'exiger cela, dit la femme dont les joues sont devenues écarlates.

— Il vaudrait peut-être mieux que vous acceptiez de vous soumettre à cette formalité, madame, dit la gérante d'un ton conciliant. Si vous voulez bien me suivre dans le vestiaire, je vous fouillerai moi-même.

De nouveau la femme aux yeux noirs proteste violemment, mais sa compagne lui murmure quelques mots à l'oreille, et la femme, les traits crispés par la rage, n'ajoute plus un mot.

Mme Faustine et son amie attendent anxieusement le résultat de la fouille. Au bout d'un quart d'heure, tous les vêtements et tous les sacs à main ont été examinés, y compris ceux de la femme qui a tenté de s'esquiver. La responsable du restaurant revient et s'approche de Mme Faustine.

— Je n'ai retrouvé ni votre sac ni vos bijoux.

— Alors, c'est un membre de votre personnel qui les a volés.

— J'ai une entière confiance en tous mes employés.

— Et moi, on m'a pris mon sac ! Il ne s'est quand même pas envolé tout seul ! Le garçon qui nous servait l'a déplacé...

— Marc est ici depuis plus de six ans, répond la gérante sans perdre son calme. Mais si cela peut vous rassurer, je suis sûre qu'il sera d'accord pour être fouillé.

— Eh bien, allez-y.

Le serveur s'avance, en adressant aux deux femmes un regard noir. Un des hommes présents dans la pièce propose de se charger d'inspecter ses vêtements. Quelques minutes plus tard, il revient les mains vides.

— Il reste encore le personnel de cuisine ! s'exclame Mme Faustine.

— Madame, vous allez trop loin ! répond la gérante à bout de patience.

Jusqu'alors, Mme Faustine a plus ou moins réussi à se dominer, mais en comprenant que les gens qui l'entourent commencent à mettre en doute sa propre honnêteté, elle commence à s'énerver. Elle se met à arpenter la pièce en se tordant les mains.

— Qu'est-ce que je vais faire ? Je n'oserai plus jamais regarder Emily en face.

— Allons, calmez-vous, implore la responsable du restaurant.

— Si vous croyez que c'est facile ! Je viens de perdre toute la fortune de ma pauvre Emily ! Oh ! Je suis désespérée !

— Julia ! Reprenez-vous ! s'écrie Mme Voltir.

Mais Mme Faustine ne prête pas la moindre attention à son amie. Puis se tournant soudain vers les clients du restaurant, déconcertés, elle demande d'une voix forte :

— Est-ce que tous ceux qui étaient présents au moment de l'accident sont bien restés ?

Une rapide vérification permet de constater qu'il manque deux personnes.

— Ils sont probablement sur les lieux de l'accident, dit la gérante.

Mme Faustine, dont l'agitation ne fait qu'augmenter, n'entend pas cette remarque.

— Ce sont forcément eux qui m'ont volé mon sac ! hurle-t-elle. S'il vous plaît, aidez-moi à attraper le voleur !

Elle court vers la porte, mais avant de l'atteindre elle pousse un faible gémissement de douleur et s'agrippe à une table. Mme Voltir est obligée de la retenir pour éviter qu'elle ne s'écroule par terre.

— Oh ! Elle perd connaissance ! s'écrie Mme Voltir. Cette histoire l'a bouleversée !

La gérante aide Mme Voltir à étendre la malheureuse femme sur un divan pendant qu'un serveur apporte un pichet d'eau. Quelqu'un s'empresse de tamponner le front de Mme Faustine avec un linge mouillé. Au bout de quelques minutes, elle rouvre péniblement les yeux.

— Que va dire Emily quand je lui apprendrai ça ? gémit-elle sans cesse.

Elle veut à tout prix partir. S'appuyant au bras de Mme Voltir, elle s'avance vers la porte.

— Nous ferons tout pour retrouver votre sac, je vous le promets, dit gentiment la responsable du restaurant.

Mme Faustine hoche la tête.

— Je suis convaincue que quelqu'un s'est

enfui avec. Il y a de fortes chances pour que je ne revoie jamais ces bijoux. Ma pauvre petite Emily !

chapitre 5

Des bruits circulent

— Je suis épuisé ce soir ! J'ai eu une rude journée au bureau.

En disant cela, James Roy pose son attaché-case sur la table du salon et se laisse tomber dans un fauteuil.

— Au fait, Alice, je suppose que tu connais déjà la mauvaise nouvelle.

— Quelle nouvelle ? s'enquiert Alice d'une voix inquiète.

— Lis ça.

Et M. Roy étale la première page du journal du soir sous les yeux de sa fille.

— On a volé les bijoux Crandall ! s'écrie Alice horrifiée. C'est terrible !

— Ça ne m'étonne pas, remarque M. Roy sèchement. Cette Mme Faustine est complètement inconsciente. On n'a pas idée de transporter une fortune pareille sans prendre quelques précautions.

— Pauvre Emily ! Elle qui comptait tant sur cet héritage ! Maintenant, elle ne pourra plus aider Bill.

— Je la plains !

— Mais, papa, elle ne va quand même pas tout perdre. Dès lors qu'on ne lui a pas remis les bijoux, est-ce que Mme Faustine n'est pas considérée comme financièrement responsable ?

— C'est une question qui relève des tribunaux.

— Pourtant sans sa négligence, ce vol n'aurait pas été commis !

— C'est exact, mais le juge exigera des preuves. Et surtout ça nécessiterait qu'Emily porte plainte contre sa tutrice.

— Ce qu'elle ne fera pas, j'en suis persuadée, dit Alice. Elle l'aime trop.

— Oui, et de toute façon, elle ne pourrait probablement pas réunir suffisamment d'argent pour un procès. D'ailleurs, même si sa tante était condamnée, Emily ne toucherait pas grand-chose.

— Comment ? Je croyais que Mme Faustine était très riche !

— C'était vrai avant. Mais plus maintenant. Quand son mari était vivant, Mme Faustine ne s'est jamais préoccupée de ce qu'elle dépensait.

Malheureusement, elle n'a jamais su gérer sa fortune. Pas plus tard que la semaine dernière, elle a demandé un prêt important à sa banque, et il lui a été refusé.

— Cette histoire de perte d'héritage ne va rien arranger, dit Alice.

— C'est vrai, les choses vont mal pour elle. Des rumeurs commencent à circuler à son sujet.

— Ah bon ?

— Certains disent que Mme Faustine avait des vues sur la fortune d'Emily.

— Mais, ce n'est pas possible ! Elle qui a toujours été une tutrice modèle !

— Je sais bien. Ce n'est pas moi qui l'accuse, je te répète simplement ce que j'ai entendu dire.

Alice relit le compte rendu du vol.

— Le journal dit que Mme Faustine s'est évanouie en découvrant la disparition de son sac. Ça prouve bien qu'elle était bouleversée par cette perte.

— Oui, à moins qu'elle n'ait joué la comédie.

— Tu veux dire que ce vol pourrait être un coup monté par elle ? demande Alice stupéfaite.

— J'essaie juste d'envisager la question sous tous les angles.

— Mais, d'après l'article, il est clair que le sac de Mme Faustine a mystérieusement disparu. Qu'est-il devenu ?

— C'est bien ce que la police aimerait savoir.

— Si Mme Faustine a monté cette scène de toutes pièces, elle n'aura certainement eu aucun mal à cacher ce sac quelque part.

— Ou bien c'est peut-être Mme Voltir qui l'a subtilisé.

— C'est possible... D'après le journal, elle n'a pas été fouillée.

— Cette affaire me paraît vraiment énigmatique, Alice. Je crois qu'il va falloir que tu t'y intéresses de plus près !

— C'est ça, moque-toi de moi ! Remarque, je reconnais que ce mystère m'intrigue ; et puis je ferais n'importe quoi pour venir en aide à Emily. Mais je ne veux pas m'imposer, à moins qu'elle ne me demande d'intervenir.

— Il vaut peut-être mieux que tu ne t'en mêles pas du tout. Cette histoire dépasse le cadre d'un simple vol et tu risques de te trouver dans une situation très délicate. J'ai l'impression que la police a des soupçons sur Mme Faustine.

— Ce ne serait pas la première fois que les inspecteurs se trompent.

— Sans doute, mais il leur arrive aussi d'avoir raison. Et, étant donné les circonstances, la police a de bonnes raisons de suivre cette piste. En fait, il est tout à fait logique de surveiller Mme Faustine, mais je n'aimerais pas être à sa place.

— Moi non plus ! Je l'ai rencontrée il y a quelques mois, mais je ne me souviens pas bien d'elle.

— C'est une femme charmante, en tout cas au premier abord. Mais tu connais le vieux dicton : l'habit ne fait pas le moine ! On ne sait jamais jusqu'où les gens peuvent aller quand ils ont besoin d'argent...

— Si Emily apprend qu'on soupçonne sa tutrice, elle sera désespérée. J'ai envie de faire un saut jusque chez elle.

— Cela me paraît une très bonne idée.

Juste à ce moment, la sonnette retentit.

La gouvernante va ouvrir la porte. Peu après, Rose apparaît, tenant à la main une carte de visite qu'elle tend à M. Roy en disant :

— Cette dame m'a priée de vous dire qu'il fallait absolument qu'elle vous voie ce soir même.

M. Roy jette un rapide coup d'œil à la carte et soudain ses yeux s'écarquillent. Il se tourne vers Alice.

— C'est Mme Faustine, déclare-t-il calmement. Je me demande ce qu'elle me veut.

— Je vais te laisser en tête à tête avec elle, dit Alice, elle préférera sans doute être seule avec toi.

— Oh ! Tu peux rester, répond M. Roy. Cette affaire t'intéresse autant que moi.

Il se tourne vers Rose et lui dit :

— Vous pouvez faire entrer Mme Faustine, s'il vous plaît ?

La gouvernante disparaît et revient presque aussitôt, suivie de l'élégante Mme Faustine. M. Roy s'avance vers la jeune femme et l'invite à s'asseoir dans un fauteuil.

— Oh ! Si vous saviez dans quelle situation je me trouve !

La visiteuse s'arrête net en remarquant la présence d'Alice.

— Vous pouvez parler devant ma fille, madame. Pas un mot de ce que vous nous direz ne sortira de cette pièce. D'ailleurs Alice est une grande amie d'Emily et elle tient à l'aider autant qu'elle le peut.

— Alors, vous êtes déjà au courant ?

L'avocat lui montre d'un geste le journal du soir.

— J'ai lu l'article. Est-ce que les détails donnés par le journaliste sont exacts ?

— Dans l'ensemble, oui, reconnaît Mme Faustine à regret. C'est affreux ! Emily est complètement bouleversée. Je vous en prie, maître, il faut que vous m'aidiez. Je sais bien que je me suis mise toute seule dans l'embarras, mais je ne sais plus quoi faire : même la police s'en prend à moi.

— Votre pupille a-t-elle déposé une plainte contre vous ?

— Oh, non ! Emily ne ferait jamais ça ! Elle a été merveilleuse avec moi. Mais maintenant que les bijoux sont perdus, elle se retrouve sans ressource. Et je ne peux pas supporter l'idée que c'est à cause de moi.

Et Mme Faustine éclate en sanglots.

— Allons, madame, ne vous mettez pas dans un état pareil, dit-il gentiment. Je ferai tout ce qui est en mon pouvoir pour vous aider.

— C'est vrai ? Si vous saviez comme je suis soulagée !

La malheureuse femme cesse de pleurer.

— Je ne vous ai pas demandé le montant de vos honoraires, dit-elle d'une voix hésitante. Je dois vous prévenir que je suis un peu à court d'argent en ce moment.

— Rassurez-vous, je vous demanderai une somme très raisonnable. Maintenant, j'aimerais avoir quelques précisions sur ce vol. Est-ce que vous avez une idée de ce qui a pu arriver à votre sac ?

— Oui ! Je suis persuadée que c'est une des personnes présentes dans le restaurant au moment de l'accident qui l'a pris. Quand je me suis aperçue que mon sac avait disparu, deux hommes s'étaient éclipsés.

— Vous êtes sûre qu'ils ne sont pas allés secourir les victimes ?

— Au moment de la collision, plusieurs personnes se sont précipitées sur la route. Mais quand on a su que les passagers étaient sains et saufs, tout le monde est revenu sauf ces deux-là.

— Vous savez qui étaient ces individus ?

— Non. Je suis allée jusqu'au lieu de l'accident avec Mme Voltir dès que j'ai été en état de marcher – il faut vous dire que je me suis évanouie. Mais il n'y avait plus un chat.

— Ces deux personnes ont peut-être accompagné les victimes à l'hôpital, suggère M. Roy. Ce qui n'empêche pas que l'une d'elles ait pu voler votre sac et se soit servie de l'accident comme prétexte pour disparaître au plus vite. C'est une hypothèse qui mérite d'être vérifiée, même si je ne pense pas qu'elle mène bien loin.

Après un silence, M. Roy lève de nouveau un regard interrogateur sur Mme Faustine.

— Est-ce que toutes les personnes présentes ont été fouillées ?

— Oui.

— Mme Voltir aussi ?

— Bien sûr que non ! répond Mme Faustine un peu sèchement. Cela aurait été insultant. Elle m'accompagnait !

— Vous avez parfaitement confiance en elle ?

— Oui.

— Vous la connaissez depuis longtemps ?

— Plus d'un an.

— Hum ! fait l'avocat, songeur. Dites-moi, madame, quand vous avez couru à la fenêtre, qu'a fait votre amie ?

— Ce qu'elle a fait ? Mais je ne sais pas moi. Je crois qu'elle a poussé un cri et qu'elle s'est précipitée à la fenêtre comme tout le monde.

— Elle est donc restée tout le temps à côté de vous ?

— Non. Nous n'étions pas à la même fenêtre. Mais enfin, maître, je ne vois pas où vous voulez en venir. Mme Voltir n'a rien à voir avec la disparition de mon sac !

— C'est fort probable, acquiesce M. Roy, conciliant. Mais je veux aller au fond de cette histoire et ne négliger aucune piste.

— Mme Voltir est ma meilleure amie. Pourquoi aurait-elle volé ces bijoux ?

Voyant que Mme Faustine s'énerve, M. Roy estime qu'il vaut mieux abréger l'entretien.

— Je ne pense pas avoir d'autres questions à vous poser ce soir, lui dit-il.

— Vous retrouverez ces bijoux ?

— Je ne vais pas vous faire une promesse que je ne pourrai peut-être pas tenir. Cette affaire me paraît très compliquée. Je ferai de mon mieux pour vous aider, bien qu'en ce moment je sois surchargé de travail.

L'avocat accompagne Mme Faustine jusqu'à la porte, la suit quelques instants du regard tandis qu'elle s'éloigne, et revient auprès d'Alice.

— Eh bien, Alice, qu'est-ce que tu penses de notre visiteuse ?

— C'est une femme un peu fantasque, mais je crois qu'elle est honnête. Cette histoire est vraiment étrange. Et toi, tu penses que Mme Faustine a quelque chose à se reprocher ?

— Non, sinon je n'aurais pas accepté de m'occuper de son affaire, même pour te faire plaisir.

— J'aimerais bien avoir la version des faits de cette Mme Voltir, dit Alice.

— Je vais lui demander de venir à mon bureau demain. Ah ! Zut ! Impossible, j'ai une réunion très importante !

— J'aimerais bien m'occuper de cette affaire..., murmure Alice.

M. Roy regarde sa fille affectueusement.

— Eh bien, pourquoi pas ?

— Mais j'ai peur qu'elle soit trop compliquée. Et puis, Emily pourrait penser que je me mêle de ce qui ne me regarde pas.

— À propos d'Emily, si tu as toujours envie d'aller la voir, tu ferais bien de te dépêcher de partir. La nuit ne va pas tarder à tomber.

— Tu as raison, j'y vais tout de suite.

— Alice ! J'ai oublié de te dire que le juge Polson s'est décommandé.

— Quoi ? Tu plaisantes, j'espère ! Avec le mal que je me suis donné pour trouver une gouvernante ! Remarque, tu auras plus de temps à consacrer à cette affaire, et moi aussi !

Sur ces mots, Alice court jusqu'au garage. Quelques minutes plus tard sa voiture file sur la route du lac.

« Pourvu que Mme Faustine n'arrive pas avant moi, se dit-elle. J'aimerais mieux parler seule à seule avec Emily. »

Bientôt, elle s'arrête devant la petite villa. Une lumière brille à la fenêtre.

— Alice ! s'écrie Emily en ouvrant la porte. Comme je suis contente de te voir !

Et elle fait entrer son amie.

— Tu as pleuré ? demande doucement Alice.

— J'ai perdu tout mon héritage, Alice. Tante Julia s'imagine que nous allons récupérer les bijoux, mais, moi, je sais bien que c'est très peu probable. Je comptais tant sur cet argent ! Maintenant, je ne peux plus aider Bill, et on va devoir repousser notre mariage ! Oh ! C'est trop horrible !

— Je suis vraiment désolée pour toi Emily ! Si seulement je pouvais faire quelque chose !

Emily lève brusquement la tête comme si elle venait d'avoir une révélation.

— Mais... mais oui Alice, il n'y a que toi qui puisse faire quelque chose !

— Je ne veux pas me mêler de ce qui ne me regarde pas. La police...

— Oh ! Tu sais, la police...

Et Emily a un geste de découragement.

— Quand il s'agit de résoudre une énigme, tu es la meilleure. S'il te plaît, Alice, aide-moi !

La jeune détective hésite puis acquiesce de la tête.

— Je ferai de mon mieux.

— Merci ! C'est comme si mes bijoux étaient déjà retrouvés !

Devant le soulagement d'Emily, Alice sourit à son amie, tout heureuse de la voir reprendre espoir. Mais elle sait que la tâche qui l'attend sera la plus difficile de toutes celles qu'elle a entreprises jusqu'ici.

chapitre 6

Alice commence son enquête

Le lendemain matin, Alice et son père prennent ensemble leur petit déjeuner.

— Alice, je suis très ennuyé, mais je crois que finalement je ne vais pas pouvoir m'occuper des intérêts de Mme Faustine, annonce James Roy à sa fille.

— Mais pourquoi ?

— J'avais complètement oublié mais je dois plaider à un procès important, qui s'ouvre cette semaine. Je passerai presque toutes mes journées au palais de justice et je n'aurai vraiment pas le temps de penser à quoi que ce soit d'autre.

— Tu pourrais me confier l'affaire dans ce cas...

— Mais tu ne m'as pas dit que tu préférais ne pas t'en mêler ?

— J'ai changé d'avis. Lorsque je suis allée voir Emily hier soir, c'est elle qui m'a suppliée de lui venir en aide et j'ai accepté.

— Très bien. À toi de jouer alors.

— J'ai envie d'aller voir Mme Voltir et ensuite j'irai faire un tour à l'auberge des Lilas. J'aimerais discuter un peu avec la gérante du restaurant.

— Ce programme me paraît excellent. Il ne me reste plus qu'à te souhaiter bonne chance.

À dix heures, Alice sonne chez Mme Voltir, qui ne tarde pas à ouvrir. Alice se présente et explique la raison de sa venue.

— Je vais vous dire tout ce que je sais au sujet de ce vol, déclare Mme Voltir en invitant Alice à s'asseoir. Je suis vraiment désolée de ce qui est arrivé à ma pauvre amie, même si je me dis qu'elle l'a un peu cherché. Je l'avais prévenue que c'était très imprudent de transporter ces bijoux sans prendre la moindre précaution.

La version de Mme Voltir confirme parfaitement celle de Mme Faustine.

— Est-ce que vous avez vu Mme Faustine poser le sac sur la table ? demande Alice quand Mme Voltir a terminé son récit.

— Oui.

— Vous saviez qu'il contenait les bijoux Crandall ?

Mme Voltir marque une légère hésitation.

— Oui ! Enfin... je n'ai pas vu ces bijoux de mes propres yeux. J'ai accompagné Julia à la banque, mais je suis restée dans le hall pendant qu'elle descendait au coffre.

— Est-ce que vous pensez que Mme Faustine aurait pu ne pas retirer les bijoux du coffre ?

— Non, bien sûr que non.

— On m'a dit que Mme Faustine rencontrait de grosses difficultés financières, dit Alice espérant inciter Mme Voltir à parler.

— C'est vrai, convient celle-ci. Il y a quelques semaines je lui ai même proposé de lui prêter une certaine somme.

— Elle a accepté ?

— Oui, mais trois ou quatre jours plus tard elle est venue me dire qu'elle n'en avait plus besoin.

— Vous savez où elle s'est procuré l'argent dont elle avait besoin ?

— Cela ne me regardait pas, et je ne le lui ai pas demandé, répond Mme Voltir, visiblement troublée. J'espère que vous ne pensez pas que cette pauvre Julia aurait pu organiser elle-même ce vol ?

— Non, madame, j'essaie d'examiner toutes les possibilités. Si j'ai bien compris, c'est vous qui avez découvert la disparition du sac la première.

— Oui, dit Mme Voltir.

Alice ne s'attarde pas davantage.

« C'est drôle, on dirait qu'elle cherche à cacher quelque chose », songe Alice.

Elle est encore en train de réfléchir au comportement hésitant de Mme Voltir quand elle atteint l'auberge des Lilas. Étant donné l'heure matinale, la salle du restaurant est vide et elle n'a aucun mal à trouver la gérante.

— Je suis à votre entière disposition, déclare aimablement la femme quand Alice s'est présentée. Venez dans mon bureau, nous serons plus tranquilles.

— D'accord, dit Alice en souriant. Mais avant j'aimerais voir la table où Mme Faustine était installée.

— Comme vous voudrez. Suivez-moi. Tenez, elle était assise à cette table, contre la fenêtre.

Alice s'approche de la table et, regardant par la fenêtre, examine la terrasse qui s'étend devant, et donne sur l'arrière de l'auberge.

— Si j'ai bien compris, au bruit de l'accident, Mme Faustine a couru depuis cette place vers l'autre extrémité de la salle, dit la responsable du restaurant. D'où elle était installée, il était impossible de voir le carrefour.

— Et c'est pendant le court instant où elle a tourné le dos que le sac a disparu ?

— Oui, selon Mme Faustine.

— On m'a dit que deux des clients de l'auberge ne sont pas revenus après l'accident.

— J'ai pris la liberté de me renseigner là-dessus moi-même. J'ai appelé l'hôpital ce matin et j'ai appris que les victimes de l'accident ont été accompagnées par deux personnes qui ont déjeuné ici.

— Donc selon vous, le sac de Mme Faustine n'a pas pu être volé par un de vos clients.

— C'est bien ça.

— Et vos employés ? demande-t-elle, se lançant sur une nouvelle piste. Ils sont tous fiables à cent pour cent ?

— Oui. Je suis très scrupuleuse, et je me renseigne toujours sur eux avant de les engager. Il est absolument impossible qu'un membre du personnel ait pris ce sac.

— Combien de serveurs étaient présents dans la salle du restaurant au moment du vol ?

— J'emploie quinze garçons en tout. À mon avis, il devait y en avoir huit ou neuf à ce moment-là.

— Ils ont tous été fouillés ?

— Non, seulement Marc. Il était le seul à s'être approché de la table de Mme Faustine.

— Pourquoi est-ce que les autres n'ont pas été fouillés ?

— Ça ne m'a pas paru nécessaire. Ils étaient occupés à d'autres tables assez éloignées et n'auraient pas pu subtiliser le sac sans qu'on s'en aperçoive.

— Est-ce que je pourrais parler à ce Marc, s'il vous plaît ?

— Bien sûr. Mais je crains que vous ne perdiez votre temps.

— J'aimerais juste lui poser quelques questions.

La gérante sort du bureau et s'avance vers la cuisine. Bientôt, elle revient, suivie de Marc. Il est grand, un peu guindé et l'air renfrogné. Il regarde Alice avec méfiance.

— Marc, dit tranquillement celle-ci, est-ce que vous pourriez me dire où vous vous trouviez au moment de la collision ?

— J'allais entrer dans la cuisine. J'ai entendu un cri, et j'ai tout de suite couru à la porte pour voir ce qui s'était passé.

— Et en allant vers la porte, vous êtes passé près de la table de Mme Faustine.

— Non, mademoiselle.

— Avez-vous remarqué le sac de cette dame à un moment ou à un autre ?

Le serveur hésite un instant avant de répondre, Alice le regarde fixement.

— Je l'ai vu quand j'ai apporté les plats.

— C'est bon, ce sera tout, merci.

Le garçon se retire.

— Vous voulez questionner d'autres membres du personnel ? demande poliment la gérante.

— Je ne crois pas que ce soit nécessaire. Est-ce que vous avez engagé quelqu'un récemment ?

— Non.

Alice dit au revoir à la gérante et quitte l'auberge. Sur la route du retour, elle passe en revue les informations contradictoires qu'elle a obtenues. Elle a découvert plusieurs indices, mais en les démêlant, ne risque-t-elle pas de se perdre dans des détails sans importance ?

chapitre 7

Une rencontre imprévue

Le lendemain, Alice téléphone à l'hôpital pour obtenir les noms des deux hommes qui ont accompagné les victimes de l'accident. Elle rend visite à l'un puis à l'autre, mais comprend vite qu'elle peut les rayer de la liste des suspects. Ils lui racontent leurs faits et gestes sans se faire prier, lui expliquant que, lorsqu'ils ont constaté que les spectateurs de la collision restaient inactifs, ils ont pris la décision de soutenir les blessés en attendant que l'ambulance arrive.

« C'est déprimant, se dit Alice. Je n'avance pas d'un pouce. »

Dans l'après-midi, Bess Taylor et Marion Webb, les meilleures amies d'Alice, lui rendent visite pour lui proposer d'aller faire quelques courses. Les deux jeunes filles sont cousines. La première est une jolie blonde coquette et gaie, et la seconde, une brune vive et athlétique. À elles deux, elles n'ont pas leurs pareilles pour redonner le sourire à Alice. Mais aujourd'hui, elles s'étonnent de la trouver aussi découragée.

— Tu n'as pas l'air dans ton assiette, Alice, dit Marion, taquine. Je parie que tu es plongée jusqu'au cou dans une énigme insoluble. Dès que tu pars à la poursuite de dangereux criminels, il n'y a pas moyen de tirer un seul mot de toi.

— Eh bien, cette fois-ci, je veux bien vous dire dans quelle aventure je me suis lancée.

— Raconte, vite ! s'exclament les deux cousines.

— Le vol des bijoux Crandall.

— Ah oui ! J'ai vu ça dans les journaux, dit Bess. Pauvre Emily ! Je suis désolée pour elle. Est-ce qu'il y a des suspects ?

— Beaucoup trop ! C'est bien ça le problème.

— Je suis sûre que tu y verras plus clair dans quelques jours, dit Marion pour la réconforter.

— J'espère bien ! répond Alice le visage tendu. Ce matin, papa m'a dit que la police commençait à s'agiter. Les inspecteurs ont fait passer un interrogatoire musclé à Mme Faustine et ils l'ont tellement intimidée qu'elle leur a fait un récit sans queue ni tête. Papa a peur qu'on ne l'arrête d'un jour à l'autre si on ne découvre pas bientôt un fait nouveau.

— Ça doit être terrible pour Emily ! Elle qui a une confiance totale en Mme Faustine.

— Elle m'a demandé de l'aider et de résoudre cette affaire.

— Et ça ne te dirait pas de t'accorder un après-midi de congé et venir faire des courses avec nous ? Il faut que tu te changes les idées ! propose Bess avec enthousiasme.

— Vous avez peut-être raison. De toute façon je tourne en rond, alors autant me distraire.

— Allons-y alors ! Ma voiture est devant la porte, enchaîne Marion.

Vingt minutes plus tard, les trois jeunes filles entrent chez Hildeberg, un des grands magasins préférés de Bess. Cette dernière choisit une robe en coton bleu pastel qui l'enchante tandis que Marion opte pour une jupe courte et noire. Alice laisse ses amies s'en donner à cœur joie. Elle a acheté la semaine passée la robe blanche, toute simple, à bretelles fines qu'elle porte aujourd'hui et considère qu'elle n'a besoin de rien

— Tu nous attends ici pendant qu'on essaye ? On n'en a que pour une minute, lance Marion à Alice.

Les deux cousines parties vers les cabines d'essayage, Alice s'amuse à regarder les clients qui vont et viennent. Comme elle s'avance vers la porte du magasin, elle voit une jeune fille entrer. À sa grande surprise, Alice reconnaît Mary Mazo. Elle sourit aimablement à la jeune fille.

— Vous êtes venue faire quelques emplettes ? dit-elle gentiment.

Mary Mazo la dévisage froidement. Puis, sans répondre, elle hoche la tête d'un air dédaigneux et lui tourne le dos.

« Quelle arrogance ! pense Alice, interloquée. Pour qui est-ce qu'elle se prend ? »

Il n'en faut pas plus pour éveiller la curiosité de la jeune détective et elle suit Mary Mazo du regard.

Cette dernière va s'adresser à une vendeuse du rayon de confection de luxe et, à ses gestes, Alice comprend qu'elle cherche à acheter une robe.

Mais Mary Mazo s'aperçoit qu'on la surveille et commence à donner des signes de nervosité. Au bout de quelques minutes, elle sort du magasin sans avoir rien acheté.

« Tiens, c'est bizarre... Apparemment, elle voulait commander une robe de soirée, mais elle a changé d'avis en voyant que je l'observais », conclut Alice.

Juste à ce moment, Bess et Marion reviennent vers Alice.

— Désolée de t'avoir fait attendre aussi longtemps, mais..., commence Bess.

Alice l'interrompt en la saisissant par le bras.

— Approchez-vous de la vitrine, ordonne-t-elle aux deux cousines.

Étonnées, celles-ci obéissent.

— Regardez cette fille, dit Alice en leur montrant du geste Mary Mazo qui traverse la rue. Vous l'avez déjà vue quelque part ?

— Son visage me rappelle vaguement quelque chose..., répond Marion. Ah ! Je me souviens ! Elle est venue se présenter chez nous, elle cherchait du travail comme cuisinière. Elle s'appelle Mary Mazo.

— Et vous ne l'avez pas engagée ?

— Non, elle n'a pas plu du tout à mes parents et, de toute façon, on avait déjà quelqu'un.

— Elle a dû passer chez vous après être venue chez moi, dit Alice. J'aimerais savoir si elle a trouvé un poste.

— Probablement. Elle a demandé à ma mère si elle avait entendu parler d'une place disponible et elle lui a suggéré d'aller voir à l'auberge des Lilas. J'imagine qu'elle est allée voir là-bas.

Alice tourne la tête vers son amie, les yeux brillants. Marion ne vient-elle pas de parler de la fameuse auberge des Lilas ?

— Je vais me renseigner là-dessus, dit-elle, songeuse.

— Pourquoi ? Cette Mary Mazo t'intéresse ? s'enquiert Bess.

Mais, au lieu de répondre à la question, Alice en pose une autre.

— Marion, est-ce que tu te rappelles quand cette fille s'est présentée chez toi ? Ça ne serait pas le jour du vol par hasard ?

— Si, il me semble bien..., répond Marion.

Elle fixe sur Alice un regard intrigué.

— Non ! Tu ne penses quand même pas que Mary a quelque chose à voir avec le vol ? reprend Marion. Ça m'étonnerait qu'elle soit assez maligne pour monter un coup pareil et liquider les bijoux sans se faire prendre aussitôt.

— Tu as sans doute raison, convient Alice, mais je vais quand même essayer d'en savoir un peu plus.

— Tu peux nous dire ce qui a éveillé tes soupçons ? demande Bess.

— En fait, tout à l'heure, je l'ai vue se renseigner au rayon luxe et je me demande comment elle peut payer une robe aussi cher.

— Tiens, c'est vrai que c'est étrange, reconnaît Marion. Où est-ce qu'elle a pu se procurer autant d'argent ?

— C'est ce que je voudrais savoir ! réplique Alice.

chapitre 8

Un indice

Les trois amies sortent du grand magasin et Bess et Marion reconduisent Alice chez elle.

— Si vous apprenez quoi que ce soit sur Mary Mazo, faites-le-moi savoir le plus vite possible !

— Promis, répondent les cousines, en faisant des signes d'adieu à leur amie.

En suivant l'allée conduisant à sa maison, Alice pense à Mary Mazo. Où a-t-elle bien pu trouver l'argent nécessaire pour acheter une robe si coûteuse alors qu'elle est sans emploi ? Quand elle s'est présentée chez les Roy, ses vêtements étaient tout ce qu'il y a de plus ordinaire ; mais, quand elle est entrée dans le magasin, Alice a été frappée par l'élégance de la jeune fille ; de toute évidence, le tailleur qu'elle portait avait dû coûter une fortune.

« Elle a peut-être trouvé du travail, se dit-elle. Mais même dans ce cas, un salaire de cuisinière ne suffirait pas à payer une robe de soirée. Il y a quelque chose qui m'échappe. Après tout, il se peut que je me fasse des idées... Mais tant pis, dans l'intérêt d'Emily, je ne dois négliger aucune piste. »

Alice regarde sa montre. Il est un peu plus de dix-sept heures.

« En me dépêchant, j'ai le temps de faire un saut jusqu'à l'auberge des Lilas », décide-t-elle.

Elle sort son cabriolet et prend la route du lac. Arrivée à l'auberge, elle demande à parler à la gérante.

— Excusez-moi de vous déranger encore une fois, dit Alice, mais j'aimerais vous poser quelques questions supplémentaires.

— Je vous répondrai avec plaisir, dit aimablement la gérante.

— Est-ce qu'il y a parmi vos employés une jeune fille du nom de Mary Mazo ?

— Mary Mazo ? Non, il n'y a personne qui s'appelle comme ça chez moi.

— Elle ne s'est pas présentée ici ?

— Pas à ma connaissance. Vous pourriez me la décrire ?

Alice fait un portrait précis de Mary. Quand elle a terminé, la gérante secoue la tête.

— Je suis sûre qu'elle n'est jamais venue à

l'auberge. D'ailleurs, si elle s'était présentée, je l'aurais certainement engagée sur-le-champ parce qu'il me manque justement une cuisinière.

— C'est étrange, murmure Alice, se parlant à elle-même. Marion Webb m'a dit que sa mère vous l'avait envoyée.

— Elle a peut-être changé d'avis en chemin... à moins qu'elle ait trouvé du travail ailleurs.

— Sans doute..., dit Alice en se levant pour partir.

Tout en rentrant à River City, Alice doit admettre que cette course à l'auberge des Lilas a été inutile. Apparemment, elle a tort de soupçonner Mary Mazo ; si celle-ci n'a jamais été employée à l'auberge, il est ridicule de chercher un lien quelconque entre elle et le vol.

« Quoi qu'il en soit, se dit Alice, j'aimerais bien découvrir où cette fille travaille à présent. »

En arrivant chez elle, Alice s'aperçoit qu'il est déjà l'heure de dîner. Rose a préparé un repas succulent, mais Alice reste songeuse. James Roy devine la raison de cette attitude inhabituelle.

— C'est cette affaire Faustine qui te préoccupe, je parie, lui dit-il.

— Oui, reconnaît Alice. Jusqu'ici je n'ai pas avancé d'un pas.

— Mme Faustine est venue me voir cet après-midi à mon bureau. Elle commence à s'impatienter.

— Je fais de mon mieux, papa.

— Je sais bien, ma chérie. Je ne cherche pas à te bousculer, mais j'ai l'impression que Mme Faustine ne va pas tarder à avoir de gros ennuis.

— Tu veux dire que la police a l'intention de l'arrêter ?

— J'en ai bien peur.

— Je refuse de m'avouer vaincue aussi vite, déclare Alice en relevant le menton en signe de défi.

— Tu veux que nous étudiions un peu cette affaire ensemble ? propose gentiment James Roy. À ton avis, qui sont les coupables possibles ?

— Eh bien, il y a Mme Voltir. Dès que j'ai commencé à lui poser des questions plus personnelles, elle s'est montrée très évasive.

— D'accord, mais il faudrait un mobile. J'ai cru comprendre qu'elle était très riche. Tu penses qu'elle pourrait avoir une raison particulière de vouloir causer du tort à Mme Faustine ou à Emily ?

— Non, pas que je sache. Il y a aussi ce serveur de l'auberge des Lilas – un certain Marc.

— Tu l'as interrogé ?

— Oui, mais je n'ai rien appris.

— Et les deux hommes qui ont disparu au moment du vol ?

— J'ai fait une rapide enquête à leur sujet. Ils ont accompagné quelques-unes des victimes à l'hôpital, ils sont hors de cause. Leur alibi est indiscutable.

— Et les deux femmes qui ne voulaient pas être fouillées ? Surtout celle qui s'est mise très en colère ?

— Je n'ai pas appris grand-chose sur elle.

— Elle s'appelle Viola Granger, non ? Il me semble que c'est ce qu'ont dit les journaux.

— Oui, c'est bien ça.

— Ce nom me dit quelque chose. Je suis sûr de l'avoir déjà entendu quelque part.

— Oh ! Essaie de te rappeler, supplie Alice.

— Attends... laisse-moi réfléchir ! Ah ! j'y suis... Cette femme a un casier judiciaire.

— Qu'est-ce que tu dis ? Tu en es sûr ?

— Absolument certain. L'affaire remonte au moins à une dizaine d'années, mais je m'en souviens très bien maintenant. Elle a été condamnée à cinq ans de prison ferme.

— Pour quel motif ?

— Vol.

— Et tu crois que ce serait elle qui aurait pris les bijoux ?

— En tout cas, cela vaut la peine de se pencher sur la question.

— Oui, mais je ne vois pas comment elle aurait pu s'y prendre, remarque Alice en fronçant les sourcils. Elle était assise à l'autre bout de la salle, très loin de la table de Mme Faustine. Plusieurs clients sont prêts à témoigner qu'elle n'a pas bougé de sa chaise, même quand tous les autres se sont précipités aux fenêtres.

— Hum ! Voilà qui démolit ma théorie...

— Je vais voir ce que je peux découvrir au sujet de Viola Granger, promet Alice. Mais franchement, je ne vois pas comment elle aurait pu prendre les bijoux,

— Tu es sûr qu'on peut se fier à tous ces témoins ? Avec toute l'excitation qui a suivi l'accident, ils n'ont certainement pas pu faire attention aux moindres faits et gestes de tous les clients du restaurant.

— C'est vrai, admet Alice.

— Rien ne nous dit non plus que la police n'a pas raison. On peut facilement soupçonner Mme Faustine. Elle avait un mobile et une occasion unique.

— Oh ! Papa, s'il te plaît, ne dis pas ça ! Je ne peux pas croire qu'elle soit coupable. Emily serait désespérée.

Le dîner terminé, Alice monte dans sa chambre.

« Emily compte sur moi, songe-t-elle tristement. Je n'ai pas le droit de la décevoir ! »

Malheureusement, plus elle réfléchit au problème, plus elle se perd entre les différentes hypothèses. Finalement, complètement désorientée, elle s'allonge sur son lit et s'endort.

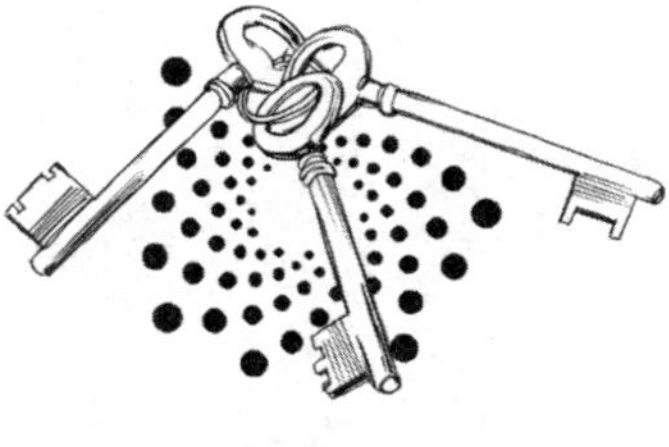

chapitre 9

Nouvelle découverte

Le lendemain matin, Alice a retrouvé son enthousiasme et se lève pleine d'entrain, plus décidée que jamais à poursuivre son enquête, même si elle ne sait pas trop par où commencer. Les suspects à éliminer sont nombreux et il faut faire vite.

Son père lui simplifie la tâche en lui proposant de se renseigner lui-même sur Viola Granger.

— Ça va me faire gagner beaucoup de temps, dit Alice en le remerciant. Ce matin, je voudrais vérifier quelque chose.

— C'est un élément important ?

— Je ne pense pas. Enfin, je verrai bien.

— Eh bien, bonne chance, ma chérie.

— Merci, je crois que je vais en avoir besoin.

En fait, Alice veut découvrir si Mary Mazo a

trouvé un emploi, car, sans trop savoir pourquoi, elle n'arrive pas à se défaire de l'idée que la jeune cuisinière a peut-être un lien avec la mystérieuse disparition des bijoux.

Alice téléphone à l'agence de recrutement, où on lui apprend que Mary Mazo n'a plus donné signe de vie.

« Voyons, réfléchit Alice. Chez qui a-t-elle travaillé déjà ? Je me souviens d'un des certificats qu'elle m'a montrés, avec le nom d'une certaine Mme Michel, ou Mistrel plutôt. En cherchant dans l'annuaire, je me rappellerai sûrement son adresse. »

Elle feuillette le bottin. Il y a plusieurs abonnés portant le nom de Mistrel. Finalement le doigt de la jeune détective s'arrête sur l'adresse d'une femme : 106, rue Washington. C'est bien l'adresse qui figurait sur les papiers de Mary. La jeune détective décide de rendre aussitôt visite à cette dame.

Bientôt elle atteint la rue Washington et s'arrête devant une belle demeure en brique rouge.

« Mary Mazo devait avoir une très bonne place ici », se dit-elle en se dirigeant rapidement vers la porte d'entrée.

Elle sonne et demande à voir Mme Mistrel, sans toutefois indiquer le motif de sa visite. Une jeune fille va aussitôt prévenir la maîtresse de maison. Elle revient peu après et fait entrer la détective au salon, où l'attend Mme Mistrel.

— Que puis-je faire pour vous ? demande celle-ci aimablement, après avoir prié Alice de s'asseoir.

— Je recherche une certaine Mary Mazo, répond Alice.

— Mary Mazo ! s'exclame Mme Mistrel.

— Oui. Elle a bien travaillé chez vous ?

— En effet, répond Mme Mistrel assez sèchement. Il y a quelque temps de cela.

— Si vous voulez bien, j'aimerais vous poser quelques questions à son sujet.

— Et pour quelle raison vous répondrais-je ? Est-ce qu'elle a des ennuis ?

— Je n'ai pas le droit de vous donner les détails de l'affaire, madame, je peux seulement vous dire qu'on la soupçonne d'être mêlée à une histoire louche. Vous rendriez service à la police en me disant ce que vous savez sur elle.

— Vous êtes détective, mademoiselle ? dit Mme Mistrel visiblement impressionnée. Dans ce cas, je veux bien vous aider, mais je n'ai pas grand-chose à vous dévoiler. Mary a travaillé chez moi, il y a cinq ou six mois mais je ne l'ai gardé que trois semaines.

— Comment ? Pas plus longtemps ? demande Alice.

La détective se rappelle que sur le certificat

que lui avait montré la jeune servante, il était écrit qu'elle avait été employée chez Mme Mistrel pendant plus d'un an.

— Non, je n'ai pas été contente de ses services. Cela m'ennuyait de la renvoyer parce qu'elle venait d'une famille très pauvre et qu'elle avait un grand besoin d'argent. Mais je n'ai pas pu supporter son insolence.

— Vous lui avez pourtant remis un certificat très élogieux.

— Certainement pas !

— Ah bon ? s'étonne Alice. Quand Mary Mazo est venue se présenter chez moi, elle m'a montré un certificat établi par vous.

— C'était forcément un faux.

— Est-ce que par hasard vous savez où elle travaille maintenant ?

— Figurez-vous que je l'ai croisée dans la rue pas plus tard qu'hier et elle m'a dit qu'elle n'avait encore rien trouvé. Mais, à en juger d'après ses vêtements, elle n'a plus l'air d'être dans le besoin ! J'ai été surprise de la voir si bien habillée.

— Vous savez où elle vit actuellement ?

— Non. Mais je me souviens qu'une fois, elle est allée rendre visite à un de ses frères qui habitait à Dockville. C'est tout ce que je sais.

— Dockville ? Le faubourg situé un peu plus haut sur les bords du fleuve ?

— Oui.

— Est-ce que je peux vous poser encore une question ? demande Alice en se levant pour partir. Pendant que cette fille travaillait chez vous, avez-vous remarqué la disparition de certains objets ?

— Non. Je la soupçonne tout au plus d'avoir puisé dans mon garde-manger.

Alice remercie Mme Mistrel de son amabilité et la quitte. Une fois dans sa voiture, la jeune fille reste un moment indécise. Faut-il renoncer à chercher Mary Mazo ou tenter de la repérer dans Dockville ? Les chances de succès sont minces.

« Allez, en route pour Dockville », décide-t-elle enfin.

Alice a parfaitement conscience que c'est de la folie de consacrer autant de temps à Mary Mazo alors qu'elle n'a pas la moindre preuve que la jeune fille ait un lien quelconque avec l'affaire de l'auberge des Lilas. Pourtant rien ne pourrait la détourner de son idée. Elle ne sera satisfaite que lorsqu'elle aura parlé les yeux dans les yeux avec Mary Mazo.

Alice prend la direction du fleuve. Bientôt elle suit des rues tortueuses et étroites ; enfin elle atteint le faubourg de Dockville et, ne sachant où aller, elle en fait le tour complet. Elle roule entre des rangées de maisons, toutes semblables.

Les familles qui y vivent doivent être assez pauvres. Des essaims d'enfants jouent entre les voitures et Alice doit manœuvrer habilement pour les éviter.

Elle s'arrête et s'adresse à plusieurs passants. Personne n'a entendu parler de Mary Mazo.

La jeune détective a beau être convaincue que cette visite à Dockville ne sert à rien, elle ne veut pas rentrer chez elle sans avoir au moins tenté sa chance encore une fois. Sans se soucier de la direction qu'elle suit, elle s'engage dans une rue sombre, parallèle au fleuve.

Elle roule lentement, examinant les bâtiments sans grand espoir de découvrir quoi que ce soit. L'endroit paraît très peu fréquenté.

« À quoi bon continuer ? Mary Mazo n'habite certainement pas dans le coin », se dit-elle enfin.

Soudain, elle s'arrête, la ruelle aboutissant à une impasse. Non sans peine, elle fait demi-tour sur l'étroite chaussée et s'apprête à quitter les lieux quand elle freine brusquement, le souffle coupé.

Au beau milieu de la ruelle, une jeune fille très élégante s'avance vers elle. Alice la regarde intensément en prenant grand soin de se tasser derrière son volant. D'abord, elle ne peut en croire ses yeux, puis elle se rend compte que ses recherches n'ont pas été vaines. Cette jeune fille n'est autre que Mary Mazo !

chapitre 10
Une surprise

Impossible de se tromper, c'est bel et bien Mary Mazo. Elle est vêtue d'une jolie robe en lin très à la mode, et qui a visiblement coûté très cher.

Sans se douter qu'elle est observée, Mary Mazo poursuit son chemin en se déhanchant sur ses talons hauts. Alice la voit se diriger vers une maison délabrée et y pénétrer d'un pas décidé.

« C'est donc là qu'elle vit, conclut Alice en voyant la porte se refermer sur la jeune fille. Quelle chance que je me sois entêtée ! »

Vu de la ruelle, l'endroit semble inoccupé.

« Tout cela est très étrange, songe la détective. Elle n'habiterait sûrement pas dans un endroit pareil si elle n'avait pas des moyens très limités. Et pourtant elle est habillée comme une princesse. Je n'y comprends rien... »

Tout à coup, Alice entend le bruit d'une camionnette de livraison. Celle-ci s'arrête devant la maison dans laquelle Mary Mazo vient d'entrer.

— *Taylor & fils !* siffle Alice entre ses dents à la vue de ces mots peints en rouge sur la carrosserie de la camionnette. Mais c'est le magasin le plus chic de River City ! Qu'est-ce que cette voiture peut bien faire ici ?

De toute évidence, le livreur est déconcerté par l'apparence sordide de la maison, car après avoir vérifié le numéro sur le papier qu'il tient à la main, Alice l'entend murmurer :

— Eh si, c'est bien là... C'est l'adresse qu'on m'a donnée.

Il descend de la camionnette et en extrait plusieurs colis, de formes et de tailles différentes. Alice en compte sept en tout.

« Je rêve ! Ce n'est pas possible que ce soit pour Mary Mazo », se dit Alice.

Le livreur traverse la cour et frappe à la porte de la maison. La porte s'ouvre aussitôt en grinçant sur ses gonds. Alice voit Mary prendre les paquets, remettre quelque chose au garçon et refermer la porte. Le livreur revient à sa voiture et démarre.

« Je me demande où cette fille peut bien trouver l'argent pour s'acheter tout ça. Qui sait, elle a peut-être obtenu un crédit... », songe Alice.

Voilà un point qu'il faut vérifier sur-le-champ. En deux secondes, Alice a mis le contact et accélère dans l'intention de rattraper la voiture de livraison.

Quand elle débouche dans la rue suivante, elle aperçoit du rouge au loin ; c'était sans aucun doute la camionnette. Elle force l'allure et bientôt se trouve à trois mètres derrière.

Lorsque les deux voitures se sont un peu éloignées du faubourg, le livreur s'arrête. Alice freine et attend que l'homme ressorte de la maison où il a été porter un paquet.

— Vous êtes bien le livreur de *Taylor & fils ?* demande la jeune fille.

— Bien vu. Je vois que vous savez lire..., rétorque l'homme froidement.

Alice fait semblant de ne pas avoir entendu la remarque et lui adresse un sourire désarmant.

— Qu'est-ce que je peux faire pour vous ? demande-t-il plus aimablement.

— Est-ce que vous avez livré des colis à une personne du nom de Mary Mazo ?

— Oui, je lui en ai apporté sept.

— Et elle vous a payé comptant ? demande Alice.

— Bien sûr, répond le livreur avec un large sourire. Sans oublier un centime ! Vous savez, je ne suis pas du genre à me laisser rouler !

Alice a une autre question au bout de la langue, mais le livreur grimpe sur son siège et démarre.

« C'est vraiment curieux, se dit-elle, le visage

sombre. Même si Mary n'a rien à voir avec le vol de l'auberge des Lilas, son attitude n'en reste pas moins troublante. »

Alice monte dans sa voiture et repart en direction de chez elle.

Pendant le trajet du retour, la jeune fille passe en revue les renseignements qu'elle a obtenus jusqu'ici.

Elle se rappelle que lorsque Mary Mazo est venue se présenter chez elle, elle avait l'air très déterminée à trouver un emploi. C'est donc forcément *après* cette entrevue qu'elle s'est retrouvée en possession d'une grosse somme d'argent et qu'elle a renoncé à chercher un emploi.

« Je me souviens aussi qu'elle a sursauté quand je lui ai dit que papa s'occupait d'affaires criminelles. Elle n'aurait pas eu une telle réaction si ses intentions avaient été honnêtes », songe Alice.

Pourtant, en toute objectivité, Alice est obligée de reconnaître que tout ceci n'est que pure hypothèse. Il se peut tout aussi bien que Mary Mazo ait subtilisé cet argent bien avant et qu'elle ait cherché du travail pour justifier en partie ses dépenses. Dans ce cas, Alice fait fausse route en essayant de lui attribuer le vol des bijoux.

« Quel casse-tête ! soupire Alice complètement découragée. Le mystère s'épaissit chaque jour un peu plus ! »

chapitre 11

Une nouvelle piste ?

Il est déjà tard quand le père d'Alice rentre du bureau.

— Bonsoir, Alice, dit-il. Tu vas bien ? Je suis désolé de rentrer si tard, mais j'ai du nouveau pour toi.

Malgré son impatience de raconter sa journée, Alice préfère entendre d'abord ce que son père a à lui dire.

— Au sujet de l'affaire Faustine ? demande-t-elle.

— Oui. Je t'avais promis de me renseigner sur Viola Granger. Alors je suis allé fouiller dans les archives du tribunal ; je ne m'étais pas trompé, elle a bien été condamnée pour vol.

— Ce qui ne prouve pas qu'elle ait pris les bijoux.

— Non, bien sûr. Mais, elle était bien dans

la salle du restaurant au moment où le sac a disparu, et Mme Faustine et son amie ont été frappées par la façon dont elle les observait. C'est assez suspect. Et puis, j'ai appris autre chose. Il semblerait que, depuis peu de temps, Viola Granger dispose de grosses sommes d'argent. En tout cas, c'est ce que m'a dit le directeur de la banque où elle a fait des dépôts importants cette semaine.

— Tu connais le montant total de ces opérations ?

— Pas exactement. Je sais que le 12 du mois, elle a effectué un premier versement et le 14 un autre, à chaque fois de très fortes sommes.

— Le 12... Mais ça ne fait que deux jours après le vol ! Voilà qui complique encore les choses, soupire Alice. C'est à croire que tout le monde a subitement fait fortune à River City !

— Je reconnais que cette affaire est assez touffue, mais j'espère que mes renseignements t'aideront quand même un peu.

Alice secoue la tête.

— Écoute, papa, tu ne crois pas que si Viola Granger était coupable, elle serait un peu plus discrète ? On ne fait pas d'énormes versements à la banque quand on vient de voler des objets précieux, ça reviendrait à s'accuser soi-même.

— Oui, j'y ai pensé, reconnaît James Roy.

— La police est au courant ?

— Je ne pense pas. Viola Granger a été interrogée au même titre que les autres, mais apparemment, les inspecteurs n'ont rien appris d'intéressant.

— Tu leur as parlé de ces dépôts ?

— Non, le directeur de la banque m'a demandé de garder le secret. Je ne sais pas pourquoi les inspecteurs veulent à tout prix inculper Mme Faustine. J'ai appris qu'ils l'ont interrogée toute une partie de la nuit dernière. Ils veulent lui arracher des aveux.

— Et pourtant, je suis persuadée qu'elle nous a dit la vérité le jour où elle est venue ici. Malheureusement, elle est très nerveuse et impressionnable, et les inspecteurs peuvent facilement l'amener à se contredire, ce qui la rend suspecte. Et puis, il faut bien reconnaître que les apparences jouent contre elle : elle était ruinée et avait grand besoin d'argent ; elle est la tutrice d'Emily, elle avait accès au coffre et connaissait la valeur des bijoux ; elle a eu l'inconscience d'aller les chercher, sans garde du corps, et, comme si ça ne suffisait pas, elle a eu l'idée stupide de s'arrêter en cours de route dans un lieu public ! Il aurait fallu qu'Emily vienne identifier les bijoux sur place et qu'elle les fasse immédiatement transférer par la banque dans un coffre à River City, puisqu'elle voulait les avoir plus près d'elle. Mais encore une fois, je ne crois pas que Mme Faustine soit coupable.

— Et Viola Granger, tu la soupçonnes sérieusement ?

— Pour tout dire, je ne sais pas encore trop quoi penser. Mais j'avoue que j'aurais tendance à croire que cette Viola est bel et bien impliquée dans l'affaire.

— Alors ça signifie que mon hypothèse est bonne à jeter à la poubelle.

Et Alice commence à répéter à son père ce qu'elle a appris au cours de la matinée.

— Je reconnais que le fait que cette Mary Mazo achète des robes dans des boutiques de luxe alors qu'elle vit dans un quartier misérable a quelque chose de suspect, surtout si elle semblait prête à tout pour trouver un emploi la semaine dernière, mais cela ne suffit pas à établir un rapport entre elle et le vol des bijoux Crandall, commente M. Roy.

— Tu crois que j'ai tort de chercher dans ce sens ? Tu oublies peut-être que la mère de Marion a indiqué à Mary qu'il y avait un poste libre à l'auberge des Lilas. Même si elle n'a pas rencontré la gérante, elle était peut-être dans le coin au moment du vol.

— Je ne sais pas... Mais est-ce que tu es vraiment certaine que Mary Mazo a bien effectué toutes ces dépenses ? Il vaudrait mieux s'en assurer avant d'aller plus loin. Tu sais, certaines enseignes mettent aussi leurs tenues de soirée en location.

— Mais, j'y pense, tu connais M. Talberg, non ? Il appartient à la direction de *Taylor & fils*, il me semble.

— C'est lui le directeur.

— Tu ne pourrais pas lui demander de retrouver ce que Mary Mazo a acheté chez lui et la somme qu'elle a dépensée en tout ?

— C'est une démarche assez délicate que tu me demandes de faire, Alice.

— Oh ! Tu as rendu service à M. Talberg plus d'une fois. Il peut bien faire ça pour toi. S'il te plaît, papa, demande-le-lui demain !

— Il ne me reste plus qu'à m'incliner, à ce que je vois ! dit M. Roy en souriant avec indulgence. Mais, dis-moi, est-ce que tu as pensé aux bureaux de prêts sur gages ?

— Les bureaux de prêts sur gages ? répète Alice, qui ne comprend pas où son père veut en venir.

— Mais oui. Si cette Mary Mazo a bien pris ces bijoux elle-même, elle a été obligée de les échanger d'une manière ou d'une autre. Le plus facile dans ce cas, c'est de s'adresser à un prêteur ! Elle aura peut-être tenté sa chance avec un seul bijou pour ne pas éveiller les soupçons.

— Mais c'est évident. Pourquoi est-ce que je n'y ai pas pensé plus tôt !

— Il n'y a que trois prêteurs sur gages à River City, il me semble. J'arriverai peut-être à les faire parler. Si tu veux, j'irai les voir dès demain matin.

— Oh oui ! S'il te plaît ! Si tu retrouves la trace des bijoux chez l'un d'eux, le mystère sera élucidé !

Alice comprend qu'au point où en sont les choses, seul un heureux hasard lui permettra de découvrir le fin mot de cette sombre histoire. Et pourtant, elle ne perd pas confiance ; elle sent qu'elle a avancé d'un pas dans la bonne direction et que peut-être bientôt Emily pourra retrouver ses fabuleux bijoux.

chapitre 12

Une visite impromptue

— Tiens, tiens, on prend son petit déjeuner en pleine nuit maintenant ? Je peux savoir ce que cela veut dire ? demande M. Roy d'un ton faussement préoccupé. Tu as vu l'heure ? Il n'est même pas sept heures.

— Je suis désolée, dit Alice, mais je savais que tu avais une matinée très chargée devant toi et j'ai pensé que tu voudrais partir assez tôt.

Et elle lui sert une tasse de café.

— Non, non, tu te trompes, justement ce matin je ne plaide pas devant le tribunal.

— Oh ! Papa, ne me dis pas que tu as oublié ce que tu m'as promis hier soir : M. Talberg et les bureaux de prêts sur gages ! dit Alice en prenant un ton sévère.

La lueur amusée qu'elle surprend dans le regard de son père la rassure aussitôt.

— Je vais aller les voir tout de suite, dit M. Roy reprenant son sérieux.

Après le départ de son père, Alice décide d'aller rendre visite à Emily. La jeune fille est ravie de voir son amie.

— Oh ! Alice ! Entre vite ! Tu as des nouvelles des bijoux ?

Le visage de la jeune détective s'assombrit. Elle aimerait tant pouvoir rassurer son amie.

— Non, je n'ai encore rien de nouveau à t'apprendre, répond-elle. Mais j'espère que ça ne va plus tarder.

— Si toi tu n'arrives pas à mettre la main sur les coupables, personne n'y parviendra...

Une vive souffrance marque les traits de la jeune fille, qui saisit le bras d'Alice et le serre avec force. Elle poursuit :

— Il faut absolument retrouver ces bijoux. Sinon, je ne pourrai pas me marier avec Bill. Et puis, il y a tante Julia : la police veut l'inculper. C'est trop affreux !

— Ne t'inquiète pas, Emily. Je vais continuer à faire tout ce que je peux. Mais dis-moi, est-ce que Mme Faustine est ici ?

— Non, elle est partie pour River City ce matin très tôt. Un inspecteur est venu la chercher et l'a emmenée au commissariat de police parce qu'on voulait encore l'interroger.

— Est-ce que tu sais si elle a eu des problèmes d'argent ? Récemment, je veux dire.

— Oui. Elle avait quelques dettes, mais je crois qu'elle a réussi à les payer. Le problème de ma tante, c'est qu'elle adore les vêtements raffinés, les belles voitures, les restaurants huppés, mais elle n'a pas les moyens de s'acheter tout ce qu'elle veut. Et elle dépasse souvent son budget.

Tout en parlant, Emily observe l'expression de son amie et, en la voyant prendre un air de plus en plus pensif, elle craint d'en avoir trop dit.

— J'espère que tu ne vas pas te mettre toi aussi à croire que tante Julia a commis ce vol, ajoute-t-elle vivement. Elle ne toucherait pas à un sou de ma fortune même si sa propre vie en dépendait !

L'émotion d'Emily est sincère.

— Je t'aiderai autant que je le peux, la rassure Alice.

— Tu n'as vraiment aucune piste ?

— En fait, j'ai plusieurs idées ; mais aucune ne me paraît être la bonne.

— Pourvu que la police n'arrête pas ma tante avant que tu découvres le coupable ! dit Emily qui se met à arpenter la pièce d'un pas nerveux.

Alice s'efforce de redonner courage à son amie. Quand elle la quitte un quart d'heure plus tard, Emily a commencé à retrouver son calme.

— Je suis sûre que tout va s'arranger, dit-elle à Alice en l'accompagnant jusqu'à sa voiture. Tu n'as encore jamais échoué.

En arrivant chez elle, Alice est surprise de voir la voiture de son père garée dans l'allée.

« Pourvu qu'il ait du nouveau sur Mary Mazo ! » se dit-elle, brûlant d'impatience.

Elle laisse sa voiture derrière celle de l'avocat et court vers la maison. James Roy, qui l'a aperçue par la fenêtre, vient à sa rencontre.

— Tu as trouvé quelque chose, papa ? demande Alice, encore haletante.

M. Roy fait oui de la tête.

— Viens au salon, dit-il doucement. Les voisins n'ont pas besoin d'entendre nos secrets.

— Tu as raison.

Elle suit son père et se laisse tomber dans un grand fauteuil en cuir.

— Vite, raconte-moi ! implore-t-elle.

— J'ai vu M. Talberg comme tu me l'avais demandé. Au début, il n'était pas très enthousiaste à l'idée d'examiner le compte de Mary Mazo. Mais il a fini par accepter de me dire ce que je voulais savoir. Et en fait, elle s'est commandé beaucoup d'articles, de luxe surtout.

— Elle les a payés ?

— Oui, à la livraison.

— Tu as pu passer dans d'autres magasins ?

— Oui, chez Hildeberg. Elle y a acheté une robe de soirée.

— Alors, elle y est retournée après mon départ, dit Alice. Elle a dû avoir peur que je la voie.

— C'est possible.

— Tu sais combien la robe a coûté ?

— Pas exactement, mais c'était une des plus chères.

— Je n'arrive pas à comprendre où elle se procure tout cet argent.

— Moi non plus, approuve M. Roy. Mais n'oublions pas qu'il se peut très bien que Mary Mazo ait gagné cet argent tout à fait honnêtement. Je suis allé voir les prêteurs sur gages ce matin et je n'ai pas trouvé la moindre trace des bijoux Crandall.

— Tu es sûr que tu reconnaîtrais ces bijoux si tu les voyais ?

— J'en suis certain ; je les ai vus il y a longtemps mais tu sais que je m'y connais bien en la matière. Et ceux-là étaient tellement beaux que je ne pourrai jamais les oublier.

— Tu as fait une description détaillée de Mary Mazo aux prêteurs ?

— Oui, d'après ce que tu m'avais dit d'elle. Et ils sont catégoriques : aucune jeune fille répondant à ce signalement n'est passée chez eux.

— Décidément, c'est à croire que ces bijoux sont introuvables, dit Alice tristement.

— Je crains que cette affaire ne devienne trop compliquée pour nous. Le plus sage serait de la confier à un détective professionnel !

— Oh ! Non, pas encore, s'il te plaît ! proteste Alice. Je suis sur plusieurs pistes et il y en a forcément une qui va aboutir. Je suis sûre que je pourrai faire arrêter le coupable avant que Mme Faustine ne soit inculpée à tort.

— Alors bonne chance, ma chérie. Mais un conseil : repose-toi un peu, il n'y a rien de mieux pour s'éclaircir les idées.

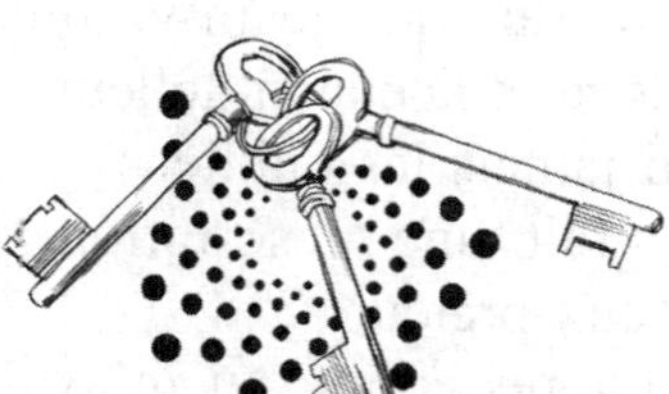

chapitre 13

L'inconnu

Sans trop savoir pourquoi, Alice a la conviction que c'est Mary Mazo la coupable. Il faut impérativement réunir toutes les preuves possibles contre elle. Mais comment procéder ? Interroger la jeune fille ? Cela ne mènera sans doute à rien. Pourtant, après mûre réflexion, la jeune détective décide de tout de même se rendre chez Mary Mazo.

Alors qu'elle attend au feu rouge d'une des avenues de River City, son attention est attirée par un homme qui marche sur le trottoir.

Ce ne sont pas ses vêtements qui intriguent la jeune détective – bien qu'ils soient assez voyants – mais plutôt sa démarche. Il roule des épaules, à la manière d'un boxeur. Alice ne peut s'empêcher de penser qu'il vaut mieux ne pas avoir affaire à lui.

D'un pas rapide, l'inconnu poursuit son chemin. Alice voit quelque chose de blanc tomber de sa poche.

« Tiens, il vient de perdre un papier ! se dit-elle. C'est peut-être important, il faut que je le rattrape pour le lui rendre ! »

Elle gare sa voiture, traverse la rue et ramasse une enveloppe abîmée. En déchiffrant le nom et l'adresse, ses yeux s'écarquillent. Elle vient de lire : M. B. Mazo et, au-dessous, le nom d'une rue de Dockville.

Aussitôt, elle regarde dans la direction de l'homme et le voit tourner à l'angle de la rue. Elle se précipite à sa suite, tourne à la première rue et l'aperçoit au loin. Elle a beau marcher le plus vite possible, elle ne parvient pas à le rattraper.

De toute évidence, il se rend à la gare de banlieue située au bout de la rue. Peu après, l'individu entre dans le bâtiment et presque aussitôt un coup de sifflet retentit.

Alice presse le pas. Elle est hors d'haleine quand elle arrive sur le quai, au moment précis où le train entre bruyamment en gare.

L'inconnu est l'un des premiers à monter à bord. Alice jette un coup d'œil au panneau d'affichage : le convoi se rend à Dockville !

« Ce type est un proche de Mary Mazo ! songe

rapidement Alice. Si je le laisse filer, je vais peut-être négliger une piste importante. »

En un éclair, sa décision est prise. Elle saute dans la dernière voiture au moment où le train s'ébranle. Pourtant, à peine la portière s'est-elle refermée qu'Alice se rend compte que son geste est insensé.

« Je viens de faire une grosse bêtise ! se reproche-t-elle, furieuse contre elle-même. Je n'ai prévenu personne... D'ailleurs, il se peut même que je n'aie pas assez d'argent pour payer mon billet. Et puis je ne suis même pas sûre de trouver un train de retour avant la fin de la journée... Il faudra que papa vienne me chercher, et il ne sera pas content. »

Le convoi roule maintenant à vive allure, et les portières sont fermement verrouillées : il n'est plus question de revenir en arrière !

La jeune détective explore le train et, quand elle a repéré l'homme, elle s'assied juste derrière lui. Il ouvre un journal et s'absorbe dans sa lecture.

Le contrôleur entre dans le wagon. La situation risque de devenir embarrassante. Alice tire son porte-monnaie de sa poche. En additionnant les quelques pièces qu'il contient, elle parvient presque à rassembler de quoi régler le prix du billet.

À son vif soulagement, le contrôleur s'arrête d'abord devant l'inconnu.

— Votre titre de transport, monsieur ? lui demande-t-il.

— Le voici.

Pendant que le contrôleur inspecte et poinçonne la carte d'abonnement de l'individu, Alice a tout juste le temps de trouver les quelques pièces manquantes dans le fond de son sac. Quand le contrôleur s'approche d'elle, elle lui tend la somme exacte et reçoit son billet sans avoir attiré l'attention de l'homme qu'elle suit.

Bientôt, le conducteur annonce : « Dockville ! Terminus ! » L'inconnu bondit sur ses pieds et se précipite vers la porte. Alice le suit d'aussi près qu'elle peut mais elle a du mal à ne pas le perdre de vue dans la foule qui se presse sur le quai.

Heureusement, l'homme ne prend pas de taxi mais part à pied.

Alice se rend compte qu'il se dirige vers un quartier sordide, repaire des prêteurs sur gages, des trafiquants et autres gens aux activités louches.

Il s'engage dans une rue transversale. Alice se dépêche mais, quand elle arrive à l'angle de la ruelle, l'homme a disparu.

Il est peut-être entré dans un des bureaux de prêteurs de la rue.

« Je vais attendre qu'il ressorte, décide Alice. Dès qu'il se sera éloigné, j'irai à mon tour rendre visite à ce prêteur et j'essaierai de le faire parler. »

Alice attend patiemment une vingtaine de minutes. L'inconnu ne réapparaît toujours pas.

« Je crois que, cette fois-ci, je l'ai bel et bien perdu, se dit Alice, désolée. Il a dû remarquer que je le suivais et il s'est arrangé pour me semer. Inutile d'attendre plus longtemps. »

Ne voulant pas s'avouer vaincue, elle entre chez plusieurs prêteurs sur gages et leur demande s'ils ont vu un homme répondant à la description qu'elle leur fait de l'inconnu. Elle pose ses questions le plus aimablement possible mais elle ne reçoit en général pour toute réponse qu'un simple haussement d'épaules, et Alice en conclut qu'elle perd son temps.

« Quoi qu'il en soit, je suis sûre qu'il est entré dans une de ces boutiques, se dit-elle en se dirigeant lentement vers la gare. Si seulement j'avais été plus rapide, j'aurais sans doute appris des choses intéressantes. »

Alice décide de se rendre directement à la gare, pour voir si elle a encore une chance de trouver un train qui la ramène à River City. Heureusement, elle en voit un qui part seulement dix minutes plus tard. Elle a tout juste le temps de retirer de l'argent dans une banque toute proche, prend son billet et s'assied sur un banc installé sur le quai, assez attristée par la tournure qu'ont prise les événements.

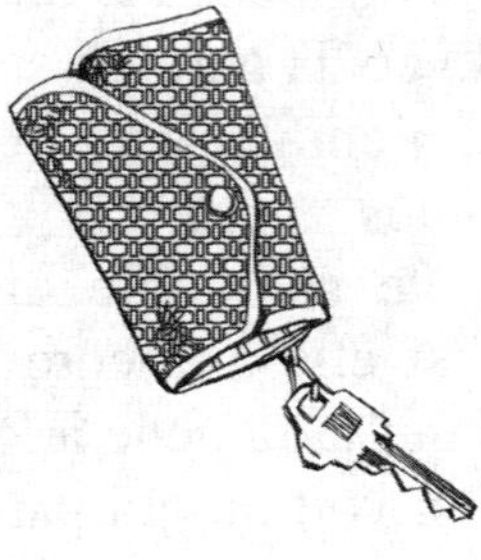

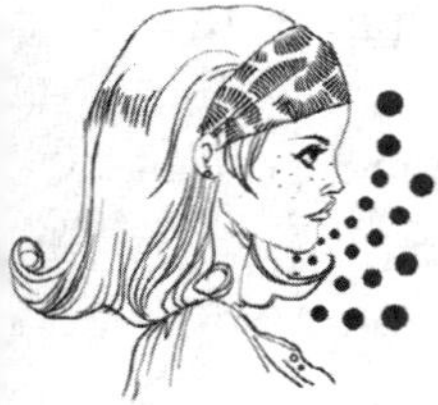

chapitre 14

L'orage gronde

L'après-midi est déjà très avancé quand Alice débarque sur le quai de la gare de River City.

Impatiente de raconter ses aventures à son père, elle se rend à son bureau.

— Ah ! te voilà, Alice, dit M. Roy. Je suis content de te voir, parce que j'ai essayé de te joindre à la maison. Rose m'a dit que tu étais à Dockville.

— C'est vrai, mais je suis rentrée plus tôt que prévu. Tu avais quelque chose de particulier à me dire ?

— Oui. Il y a eu un événement imprévu dans l'un des procès que je suis. Je dois partir tout à l'heure mais je serai de retour demain soir au plus tard.

— À quelle heure part ton train ?

— Dix-huit heures quarante-cinq. Je suis

désolé de te faire faux bond à un moment où tu as tant besoin de moi.

— Oh ! Ne t'inquiète pas, je m'en tirerai ! répond Alice d'un ton décidé. Tu veux que je te conduise à la gare ?

— Avec plaisir ! En route alors, je ne voudrais pas arriver en retard !

Juste au moment où M. Roy met la main sur la poignée de la porte, le téléphone sonne :

— Zut ! s'exclame-t-il, agacé.

Posant sa valise à terre, il bondit vers l'appareil. James Roy garde le récepteur à l'oreille pendant au moins cinq minutes, puis il dit :

— Merci de m'avoir prévenu, Williams.

Et il raccroche.

Il se tourne vers sa fille, le visage grave.

— Voilà qui change tout, déclare-t-il. Williams travaille pour la police. Il vient de me communiquer un renseignement important sur l'affaire Faustine. Les choses se compliquent plus que je ne m'y attendais. Un mandat d'arrêt va être délivré contre Mme Faustine demain matin. Williams m'a dit que les inspecteurs l'ont interrogée pendant trois heures cet après-midi ; elle a admis qu'elle était allée visiter la chambre forte où étaient gardés les bijoux Crandall la veille du jour où le vol a été commis. Puis elle y est retournée le lendemain avec Mme Voltir et les a emportés. Cet aveu a été retenu contre elle.

— La police croit sans doute que, la veille, elle est allée seule à la banque pour remplacer les vrais bijoux par des faux.

— Certainement.

Alice fronce le sourcil.

— Mais, même si elle a pris les bijoux, ce que j'ai beaucoup de mal à croire, ça n'explique pas ce qu'est devenu son sac à main à l'auberge des Lilas.

En conduisant son père à la gare, Alice lui raconte ce qu'elle a appris l'après-midi même à Dockville. M. Roy paraît très impressionné par son récit.

— C'est peut-être une piste intéressante, lui dit-il.

Quand le train s'est éloigné, Alice regagne lentement sa voiture. Elle est perdue dans ses pensées. Il est près de dix-neuf heures, mais il fait encore jour.

« J'ai bien envie de retourner faire un tour à Dockville, en voiture cette fois-ci, décide-t-elle. Si j'attends jusqu'à demain, Mary Mazo aura peut-être déjà quitté la région. »

Aussitôt Alice bondit dans son cabriolet bleu et démarre en trombe.

Très vite, elle parvient aux abords de la maison de Mary Mazo. Prudemment, elle se gare dans une rue un peu plus loin. En descendant de sa voiture, elle lève les yeux vers le ciel et remarque qu'il devient menaçant. À l'ouest, de gros nuages noirs masquent le soleil. Dans quelques minutes, c'est certain, l'obscurité sera complète.

Alice tourne alors son regard vers la vieille maison délabrée et un frisson la parcourt. Ce n'est pas que Mary Mazo lui fasse peur, mais elle préférerait enquêter dans cette masure sinistre en plein jour. La demeure, qui paraît inoccupée, n'a rien d'engageant à la nuit tombée.

La détective s'apprête à avancer jusqu'à la porte d'entrée, mais change d'avis. Contournant la maison, elle voit qu'un petit sentier va de la maison à la berge. Elle le suit et débouche sur un appontement en assez mauvais état.

« Ce sentier a servi il y a peu de temps, réfléchit-elle. Sinon, il serait couvert de mauvaises herbes. Je me demande bien qui peut débarquer ici. »

À cet instant, un faible ronronnement de moteur lui fait tourner la tête vers le fleuve. À quelques dizaines de mètres de là, une puissante vedette fend l'eau, et se dirige droit vers l'endroit où se trouve Alice !

« La vedette va aborder ici ! » se dit-elle, paniquée.

Elle recule vivement, et s'accroupit aussi bas que possible derrière des buissons qui forment un écran parfait entre elle et la rivière, et elle attend. Le bateau approche. À bord, on distingue trois personnes, deux hommes et une femme. Un des hommes est aux commandes, l'autre s'apprête à amarrer la vedette. Ce dernier saute à terre et attache le bateau tandis que son compagnon aide la femme à descendre. Il lui murmure quelques mots qu'Alice n'entend pas.

Laissant ses deux acolytes s'occuper du bateau, la femme s'engage lentement sur le sentier menant à la maison. Quand elle passe à hauteur des buissons, Alice voit distinctement son visage.

Pas de doute : c'est Mary Mazo ! Elle s'arrête à deux mètres d'Alice et se tourne vers l'appontement.

— Tom, tu te dépêches un peu ! crie-t-elle d'une voix dure. C'est pas le moment de traîner ; on a du pain sur la planche ce soir !

Les questions se bousculent dans la tête d'Alice. Qui sont les compagnons de Mary et que font-ils à bord d'une vedette aussi luxueuse ? Quel est ce travail important qu'ils devront réaliser dans la soirée ? C'est une vraie énigme ! Mais Alice est déterminée à tirer tout cela au clair avant de quitter Dockville.

Peu après, la jeune détective entend des pas lourds approcher et comprend que les hommes vont passer tout près d'elle.

Alice sait qu'elle court un gros risque mais la

curiosité l'emporte sur la prudence et, se relevant avec précaution, elle regarde entre les herbes.

À travers l'obscurité et la brume, elle aperçoit les deux hommes. Le plus jeune, celui que Mary a appelé Tom, ne paraît pas avoir plus de dix-huit ou dix-neuf ans. Sa ressemblance avec Mary est frappante, et Alice comprend tout de suite qu'il s'agit du frère de cette dernière.

Elle jette un regard au deuxième compagnon de Mary et sursaute. C'est l'inconnu du train de Dockville !

Très perturbée par cette découverte, Alice fait remuer sans s'en rendre compte les feuilles du buisson auquel elle s'appuie. Mary surprend le bruissement.

— Qu'est-ce que c'est que ça ? demande-t-elle angoissée. J'ai vu les feuilles bouger.

— Bah ! C'est le vent, répond Tom, indifférent. Froussarde !

— Je ne suis pas froussarde, réplique Mary, furieuse. Mais cette histoire commence à me rendre nerveuse !

— Arrêtez de vous chamailler, intervient le deuxième homme. L'orage ne va pas tarder à éclater et il faut décamper au plus vite.

— Oui, acquiesce Mary, le temps de rassembler les affaires et on s'en va en vitesse avant que le fleuve devienne mauvais.

— On partage le butin en trois et on règle tout ce soir, ajoute Tom.

— En trois ? s'exclame l'homme avec un rire ironique. Et puis quoi encore ! Pas question que je me contente d'un tiers !

— Et notre accord alors ? demande Mary sèchement.

— Accord ou pas accord, ça m'est bien égal, gronde l'homme. Qui a fourni la vedette, hein ?

— Et qui a pris tous les risques ? rétorque Mary d'une voix rageuse.

— Ou vous me donnez les deux tiers ou je vous envoie en prison ! Foi de Jim Flipp !

— Dans ce cas, tu nous y retrouveras.

— Certainement pas ! Si tu crois que je vais me laisser prendre comme ça, ma belle, tu te trompes !

— Jim ! Mary ! Ça suffit maintenant, venez ! coupe Tom, on réglera cette histoire à l'intérieur.

Déçue, Alice voit les trois complices remonter vers la maison. Quelques minutes plus tard, elle sort de sa cachette, tremblante d'excitation.

« C'est clair : ils ont fait un mauvais coup, se dit-elle, mais ça ne veut pas dire qu'ils ont trempé dans l'affaire de l'auberge des Lilas. Il faut que je fasse toute la lumière sur leur histoire pour savoir s'ils sont mêlés au vol des bijoux Crandall... Mais que faire ? Se glisser dans la maison ? Non, le risque est trop grand, je serais aussitôt découverte... »

Tandis qu'Alice hésite encore, la première goutte de pluie lui mouille la main. Levant les yeux, elle voit les nuages s'amonceler.

Alice a beau être courageuse, elle ne peut s'empêcher d'avoir la chair de poule à la vue de ce ciel sinistre. L'air est suffocant. Un lourd silence règne autour d'elle, à peine troublé par le grondement du fleuve.

Soudain un éclair brille, suivi d'un violent coup de tonnerre. Des torrents de pluie commencent à s'abattre sur Dockville.

D'un air anxieux, Alice regarde la maison dans laquelle Mary et ses compagnons sont entrés. À travers la pluie, elle distingue une faible lumière allumée dans une des pièces. Les trois complices sont sans doute occupés à se partager le butin dont ils ont parlé.

« Et si c'était les bijoux Crandall ? », se dit-elle.

Cette pensée la pousse à l'action. Elle ne peut pas se permettre d'attendre la fin de l'orage.

Frissonnante, Alice s'avance sous la pluie battante jusqu'à la façade de la maison. À son vif soulagement, elle se retrouve sous une sorte de balcon couvert de vigne vierge.

Trempée jusqu'aux os, elle gravit les marches qui conduisent à la véranda et à pas de loup s'approche d'une fenêtre. Les volets sont fermés de l'intérieur et elle ne peut rien voir. Elle entend un lointain bruit de voix, mais ne peut distinguer le moindre mot. Le visage tendu, elle se colle contre le mur pour réfléchir un moment. Coûte que coûte, elle doit trouver un moyen d'entrer dans cette maison. À ce moment, un éclair illumine la scène et elle voit une autre fenêtre, à l'autre bout de la véranda.

La détective atteint le rebord de cette fenêtre et, prudemment, elle en pousse les battants, qui cèdent avec un craquement sinistre.

« Tu vas te faire prendre, si tu ne fais pas un peu plus attention », se dit Alice.

Elle attend une minute, puis n'entendant rien d'anormal, elle passe la tête à l'intérieur de la pièce.

« Et maintenant, c'est parti ! » décide-t-elle.

Alice se hisse sur le rebord et au moment où elle va poser le pied sur le sol elle pense à ses chaussures. Elles sont boueuses et trempées. En marchant, elles laisseront des traces.

« Pas la peine de s'attirer des ennuis », se dit-elle.

Elle enlève ses escarpins et, les tenant d'une main, saute légèrement à terre. Elle s'avance jusqu'au mur opposé et écoute. Quelle chance ! Elle peut entendre tout ce qui se dit dans la pièce voisine. La discussion entre les trois compères paraît animée.

— Je vous répète qu'il faut régler la question ce soir même et déguerpir au plus vite, gronde Jim Flipp.

— Et moi je te dis que ni Tom ni moi ne sommes d'accord avec toi concernant le partage, réplique Mary.

chapitre 15
Révélations

Alice veut absolument en apprendre davantage. Si seulement Mary pouvait dire quelque chose qui prouverait que c'est bien elle qui a volé les bijoux Crandall ou, au moins, qu'elle sait ce qu'ils sont devenus !

La détective pousse légèrement la porte et voit la jeune fille assise à une table face aux deux hommes. Jim a le visage tourné vers Alice : son regard est sombre.

— Écoute, Mary, je te conseille d'être raisonnable, dit-il d'une voix menaçante. Ça ne sert à rien de discuter. Si je réclame les deux tiers, c'est parce que je les ai mérités.

— Tu te moques de moi ? réplique Mary. Je m'en serais parfaitement tirée toute seule.

— Ah oui ? J'aimerais bien savoir comment tu te serais débarrassée de la marchandise ?

— C’est pas comme si tu avais été particulièrement brillant, Jim ! Tu as passé toute la journée dans le quartier des prêteurs sur gage et tu n’as même pas ramené un sou.

— On m’a suivi, grogne l’homme. Si j’étais entré dans un de ces bureaux, on m’aurait arrêté avec la marchandise dans les mains.

— Qui t’a suivi ? demande Mary.

— Une fille. Je ne l’avais jamais vue, mais elle avait l’air d’être une détective.

— Jim a peut-être raison, intervient Tom. J’ai appris que les détectives s’agitent pas mal en ce moment, en particulier cette Alice Roy.

— Oh ! Celle-là, je la déteste ! s’écrie Mary. Elle fourre son nez dans tout ce qui ne la regarde pas.

— Plus vite on aura quitté ce quartier, mieux ça vaudra, dit Tom visiblement mal à l’aise.

— On ne bougera pas d’ici tant qu’on ne se sera pas mis d’accord sur la répartition du butin, déclare fermement Mary.

Elle se tourne vers Jim.

— Au fait, une question. Qu’est-ce que tu as fait des bijoux que tu as emportés cet après-midi ?

— Je les ai mis dans la cachette secrète de la vedette. Si cette petite peste ne m’avait pas filé, je les aurais mis en gage.

— Est-ce qu'il nous reste assez d'argent pour déguerpir d'ici ? demande Tom.

— Oui. Le dernier bijou qui a été vendu nous a rapporté une belle somme. Ça devrait suffire à partir loin. Tout est réglé, sauf le partage, répond Mary.

— À quoi bon s'inquiéter de ça maintenant ? demande Jim. Tant que les autres pierres n'auront pas rapporté d'argent...

— Je ne bougerai pas d'ici tant qu'on ne sera pas d'accord sur la somme qui doit revenir à chacun, intervient Mary. Si l'un de nous doit en avoir les deux tiers, c'est bien moi et non pas toi, Jim ! Sans moi, vous n'auriez ni l'un ni l'autre vu la couleur de ces bijoux.

— Allez, arrête de faire la fière ! Tu es tombée sur ce sac complètement par hasard ! raille Jim.

— C'est là que tu te trompes. Je suis allée à l'auberge des Lilas chercher du travail et, en passant devant la fenêtre de la salle, j'ai aperçu Mme Faustine et son amie.

À ce souvenir, Mary a un petit rire moqueur.

— J'ai vu son sac posé sur la table et, au comportement de cette folle j'ai compris qu'il contenait des objets de valeur, poursuit-elle. Je brûlais d'envie de le prendre, et je me demandais comment faire quand il y a eu un grand fracas sur la route. Deux voitures venaient de se rentrer dedans. Dans la salle du restaurant, quelqu'un a crié qu'il y avait des blessés et tous les clients se sont rués aux fenêtres donnant sur la route. J'ai sauté sur l'occasion. Dès que Mme Faustine a tourné le dos, j'ai tendu la main par la fenêtre et j'ai attrapé le sac. Un vrai jeu d'enfant !

— Tu aurais pu te faire prendre, dit Tom.

— Bien sûr que non ! Je suis trop maligne pour ça. Je me suis cachée dans les massifs de lilas et j'ai attendu que l'excitation retombe un peu. Si vous saviez comme j'ai rigolé en entendant Mme Faustine s'agiter et accuser tout le monde. Au bout d'un moment, je me suis glissée sur la route et je suis repartie tranquillement vers River City, ni vue ni connue !

— Je dois reconnaître que c'est du bon boulot, répond Jim assez admiratif.

— Voilà comment on fait fortune en quelques minutes ! Maintenant, à nous la belle vie ! À condition que Jim arrive enfin à changer ces bijoux en billets de banque.

— Laisse-moi encore quelques jours, reprend l'homme. Je ne peux tout de même pas entrer dans la première boutique de prêteur que je trouve et poser les diamants sur le comptoir... C'est le meilleur moyen pour tous se retrouver en prison dans l'heure. Je pense que le mieux est qu'on s'éloigne de Dockville. On pourrait aller à Blacor, je connais quelqu'un là-bas qui nous tirera d'affaire.

— C'est loin Blacor ? demande Mary.

— À moins de cent cinquante kilomètres d'ici. On peut facilement faire le trajet cette nuit en bateau.

— Sous cet orage ?

— Mais oui, dit Jim en riant. Je ne suis pas marin pour rien ! Je le connais comme ma poche, ce fleuve.

— Est-ce que tu es d'accord sur le partage, oui ou non ?

Jim Flipp hésite, et Alice le voit réfléchir longuement. Comprenant sans doute qu'il n'a aucune chance d'imposer son point de vue, il hausse les épaules.

— C'est d'accord, dit-il.

Alice décide de ne pas attendre davantage. Ce qu'elle a entendu lui suffit amplement. D'après la conversation des trois complices, elle devine qu'ils n'en sont pas à leur coup d'essai et que leurs occupations sont on ne peut plus douteuses.

« Voilà qui va mettre Mme Faustine hors de cause, se dit-elle toute contente. Il faut que je sorte d'ici au plus vite et que j'aille chercher la police. »

Dans son désir d'entendre toute la conversation, Alice ne s'est pas rendu compte qu'elle avait trop ouvert la porte. Au moment où elle commence à reculer sans bruit, les complices terminent leur discussion. Tom Mazo repousse sa chaise en arrière et se lève.

Affolée, Alice se rejette dans l'ombre, en espérant que la faible clarté des bougies la maintiendra dans l'obscurité. Mais à l'instant même où Tom se retourne, un violent éclair traverse le ciel, illuminant toute la pièce, et il voit Alice recroquevillée contre la porte.

— Qui est là ? crie-t-il aussitôt.

Prise de panique, Alice est paralysée pendant quelques secondes. Puis, dans un élan désespéré, elle bondit vers la fenêtre, et elle s'apprête à sauter quand une main de fer l'immobilise brutalement.

— Alors, ma jolie ; tu ne vas pas te sauver comme ça ? lui dit à l'oreille une voix glaciale.

Avant même que la jeune détective ait pu crier au secours, on lui ligote les bras dans le dos, et on lui enfonce un mouchoir dans la bouche. Elle se débat de toutes ses forces, lançant des coups de pied à l'homme, mais en vain.

Le bâillon l'étouffe, elle se met à suffoquer. Puis elle a l'impression que la pièce tourne et elle perd connaissance.

chapitre 16

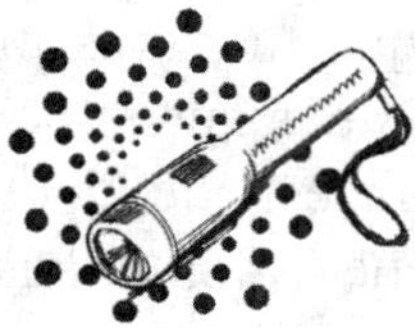

Prisonnière

Quand Alice rouvre les yeux, Mary Mazo et les deux hommes sont penchés au-dessus d'elle. Elle est étendue sur un vieux canapé et on lui a enlevé le bâillon.

— Elle revient à elle, dit Tom en poussant un soupir de soulagement. J'ai bien cru que je l'avais étouffée.

— C'est elle qui m'a suivi aujourd'hui, remarque Jim.

— Et tu sais qui c'est ? demande Mary. Ni plus ni moins que la fameuse Alice Roy ! Vous savez, la fille de James Roy, l'avocat.

— Elle a écouté toute notre conversation, marmonne Jim.

Il agrippe brutalement Alice par le bras.

— Qu'est-ce que tu as entendu ?

« À quoi bon faire semblant de ne pas comprendre ? », se dit la détective.

— Ce que j'ai entendu suffirait à vous faire mettre en prison pour longtemps tous les trois, leur déclare-t-elle d'un ton de défi.

— C'est ça ! Quand on en aura terminé avec toi, crie Mary, je te promets que tu n'iras plus fourrer ton nez dans les affaires des autres !

Et se tournant vers ses complices, elle ajoute :

— Il faut se débarrasser d'elle. Si on la laisse partir, elle ira tout raconter à la police et on sera faits comme des rats...

— Tu as raison, dit Jim. Il va falloir se débrouiller pour la faire taire.

— Je vais lui régler son compte tout de suite, intervient Tom à son tour.

Alice comprend que sa situation est désespérée.

Soudain, elle se rappelle une ruse très simple, souvent utilisée par les détectives.

Se soulevant à moitié, elle scrute un point situé à l'extérieur, juste dans le dos des complices et pousse un cri exprimant à la fois la joie et la surprise. Croyant que quelqu'un vient à l'aide de leur prisonnière, les trois malfaiteurs se retournent brusquement.

Alice en profite pour bondir du canapé et traverse la pièce en direction de la porte. Dans un même cri de rage, tous s'élancent à sa poursuite.

— Ne la laissez pas s'échapper ! hurle Mary.

Alice est arrivée à hauteur de la porte, mais Jim Flipp fait un saut et la plaque au sol.

— C'est fini ! gronde-t-il.

— Attache-lui les pieds avant qu'elle recommence ! ordonne Mary.

— Attends, je vais chercher la corde, crie Tom. Il court dans l'autre pièce et revient en brandissant une corde.

En moins d'une seconde, les pieds d'Alice sont aussi solidement ligotés que ses poignets, et on la jette sans ménagement sur le canapé.

— Ça m'étonnerait qu'elle prenne la poudre d'escampette, maintenant ! raille Jim avec un rire mauvais.

Alice comprend que ses chances d'évasion sont infimes. La corde est tellement serrée que la jeune fille souffre terriblement dès qu'elle fait le moindre mouvement.

— Et maintenant, qu'est-ce qu'on va faire d'elle ? demande Tom.

— On n'a qu'à la planter là, tout simplement. Elle mourra de faim, suggère Mary.

— Et si quelqu'un la trouve ? objecte Jim. La police ne tardera pas à se lancer à nos trousses.

— C'est vrai, dit Mary. Dans ce cas, il vaut peut-être mieux l'emmener avec nous dans la vedette.

— On l'abandonnera en route dans une vieille

cabane que je connais, dit Jim. Personne ne pensera à la chercher là.

— Avec un peu de chance et en jouant serré, il y a peut-être encore de l'argent à gagner dans cette affaire, dit Tom, une expression sournoise sur le visage. James Roy paiera gros pour sauver sa fille unique.

— Mon père ne vous donnera pas un centime ! intervient Alice furieuse. Il vous retrouvera et vous enverra tous en prison !

— Je voudrais bien voir ça ! Il sera trop content de payer la rançon, c'est moi qui te le dis.

Alice se tait. À quoi bon perdre son souffle inutilement ? Cela ne sert à rien de discuter avec ces gens. Elle pense à son père, à son angoisse quand il apprendra qu'on la retient prisonnière. Oui, ces misérables ont raison : James Roy sera certainement prêt à tous les sacrifices pour elle.

— Bon, on y va maintenant, dit Jim aux deux autres. Il se fait tard, nous devrions déjà être loin.

— Oui, dit Mary. Je vais tout préparer.

Elle sort et revient dix minutes plus tard avec un paquet.

— Voilà de quoi manger pendant au moins deux jours, au cas où, annonce-t-elle à ses compagnons.

Maintenant que le moment du départ a sonné, Jim Flipp retrouve toute sa bonne humeur. La tempête n'effraie pas les vieux marins, et Jim y voit un défi qu'il est impatient de relever. Mary et Tom ne partagent pas vraiment son enthousiasme.

Alice sait combien il est dangereux d'affronter le fleuve pendant un orage, et la lueur qui danse dans les yeux de Jim Flipp lui fait craindre qu'il ne soit un pilote un peu trop casse-cou.

Les sombres réflexions de la jeune détective sont brutalement interrompues par Tom qui, la saisissant par les épaules, la met debout.

— Hé là, hé là ! Minute ! lui crie Jim. On ne peut pas l'emmener comme ça. Dès qu'elle sera dehors, elle va se mettre à hurler.

Jim sort le bâillon de sa poche et, malgré les vigoureuses protestations de la prisonnière, il lui enfonce dans la bouche.

— Doucement, dit Tom. Il ne faut pas qu'elle s'évanouisse comme tout à l'heure.

Jim Flipp se dirige vers la porte donnant sur l'arrière de la maison et jette un coup d'œil dehors.

— Personne à l'horizon, annonce-t-il. En route.

Mary jette un châle épais sur Alice, que les deux hommes empoignent solidement par les bras. À demi traînée, à demi portée, elle doit descendre le sentier qui conduit à la rivière. Une fois parvenue à l'appontement, on la fait basculer dans la vedette, puis les trois complices embarquent. Jim met le moteur en route tandis que Tom détache l'amarre.

L'horrible voyage commence.

chapitre 17

Au secours !

Les trois ravisseurs d'Alice ne prêtent aucune attention à leur prisonnière. Elle est couchée, impuissante, au fond de l'embarcation.

Le châle qui aurait pu la protéger contre les intempéries a glissé de sa tête et de ses épaules et ne l'abrite plus le moins du monde contre la pluie cinglante et glaciale. Non loin d'elle, Mary, bien enveloppée dans un ciré, n'esquisse pas un geste pour lui venir en aide ; elle paraît au contraire prendre un malin plaisir à voir la détective en aussi mauvaise posture.

Descendant le fleuve, la vedette traverse un mur de pluie derrière lequel on ne distingue rien. Jim Flipp, les traits tendus, tient la barre d'une main ferme. Pour des raisons évidentes, les trois complices naviguent tous feux éteints, à l'exception d'une lampe qui éclaire faiblement la cabine.

Tom s'approche enfin d'Alice et, l'aidant à se relever, lui dit d'un ton bougon :

— Tu pourrais aussi bien être à l'intérieur.

Et il la pousse dans la petite cabine.

— Tiens, tiens ! Tu joues les galants avec cette moucharde maintenant ! fait Mary, ironique.

— Si elle meurt d'une pneumonie, on ne tirera pas un sou de James Roy, dit-il. Et pendant que j'y suis, je ferais aussi bien de lui enlever ce bâillon. Attends, j'ai une idée ; elle sera quand même plus à l'aise.

Tirant un mouchoir propre de sa poche, il le plie plusieurs fois, après avoir retiré le tampon qui étouffe Alice ; puis il lui pose le mouchoir sur la bouche et le lui noue derrière la tête. La jeune fille lui adresse un regard reconnaissant.

— C'est stupide, elle va s'en débarrasser en deux secondes, proteste Mary.

— J'ai bien serré le mouchoir, dit Tom. Rassure-toi et, si tu veux, tu n'as qu'à la surveiller. D'ailleurs, toi aussi, tu serais mieux ici que sous la pluie. Je vais faire le guet avec Jim.

Les deux jeunes filles restent donc seules. Mary braque un regard haineux sur la détective.

— Tu as cru être la plus maligne, hein ? ricane-t-elle. Tu donnerais cher pour mettre la main sur les bijoux Crandall, je suis sûre, espèce de petite fouineuse ! Eh bien, tu pourras attendre longtemps, c'est moi qui te le dis ! Le plus drôle, c'est qu'ils sont à deux pas de toi !

Lorsque Alice a surpris la conversation des complices dans la maison de Dockville, elle a entendu Jim Flipp dire que les bijoux étaient dissimulés dans une cachette secrète sur la vedette. Ils sont sans doute dans la cabine où elle est emprisonnée en ce moment même. Si seulement Mary Mazo pouvait, par pure provocation, lui révéler l'endroit exact de cette cache !

Mais Mary Mazo ne dit rien de plus. Elle vient de comprendre qu'elle en a déjà trop dit.

Alice balaie la cabine du regard.

Mary, qui étudie attentivement le visage de sa victime, croit lire dans l'esprit de la détective.

— Non, non ! Tu ne t'échapperas pas, ma belle, et tu ne les verras jamais, ces fameux bijoux ! Je voulais juste voir ta réaction en te disant qu'ils étaient ici ! Mais en réalité, c'est Jim qui les a sur lui.

« Elle ment », se dit Alice.

— La plupart sont déjà vendus de toute façon ; ça nous a rapporté une fortune, poursuit Mary. Et crois-moi, on n'aura aucun mal à liquider les autres diamants. Je veux mener une vie de princesse, moi !

Alice a l'impression que la tempête gagne en

intensité car l'embarcation subit des secousses de plus en plus violentes. Mary ouvre un moment un hublot mais une bourrasque de vent et de pluie s'engouffre.

— C'est pas possible, ce temps ! murmure-t-elle.

Elle arpente un moment la cabine, puis se rassied. Alice remarque qu'elle est très pâle et en devine la cause.

Mary Mazo se cache la tête dans les mains et a un haut-le-cœur.

— Oh ! J'ai la nausée ! gémit-elle.

Alice ne sait pas ce qu'est le mal de mer. Elle a fait de nombreuses traversées, sans jamais avoir éprouvé le moindre malaise. Pourtant, dans cet espace exigu, elle est loin de se sentir au meilleur de sa forme. Ses vêtements trempés lui collent au corps et le bâillon la gêne pour respirer.

Mary Mazo finit par s'allonger sur une banquette dans un coin de la cabine et y reste immobile. De temps à autre, elle laisse échapper un faible gémissement.

Tom entre dans la cabine en titubant. Avec un soupir, il se laisse tomber sur la banquette. Mary se retourne et lève les yeux vers lui.

— Qu'est-ce qu'il y a ? demande-t-il, visiblement inquiet.

— Tu n'as pas une petite idée ? Je suis malade, c'est tout.

— Oh ! Si ce maudit bateau pouvait arrêter de tanguer comme ça ! Je n'en peux plus ! Pourquoi est-ce que Jim n'aborde pas quelque part ?

— Tu parles ! Il adore ce genre de temps.

— Dis-lui de s'arrêter. Je n'en peux plus !

— Je vais essayer, marmonne Tom, en sortant de la cabine.

Peu après, il revient annoncer à sa sœur que Jim accepte de piquer vers la rive.

— Ouf ! fait Mary. Il était temps. Je ne vois pas l'intérêt de risquer nos vies. Après tout, la police n'est pas encore à nos trousses. On n'aura qu'à repartir demain matin, quand le temps sera plus calme.

Tom boutonne son ciré et ressort dans la tempête. Comme il ouvre la porte de la cabine, des litres d'eau s'engouffrent sur le pont.

Quelques minutes s'écoulent. Au bruit du moteur, Alice comprend que la vedette se rapproche de la rive. Mary Mazo se lève et se rapproche d'un hublot d'un pas mal assuré.

— On va aborder, dit-elle, se parlant à elle-même plus qu'à Alice.

Soudain, elle pousse un cri de terreur :

— Un bateau, là, droit devant nous ! On va couler !

Dominant le vacarme de la tempête, la voix de Jim leur parvient, rauque :

— Attention, Tom ! Attention !

Alice tente de se libérer de ses liens. Avant qu'elle ait eu le temps de crier au secours, un choc terrible ébranle la vedette, suivi d'un bruit de bois brisé, et la détective roule à terre.

Jim Flipp n'a pas vu venir le danger. Quand il comprend ce qui se passe, il est déjà trop tard. Juste au moment où la proue d'un grand yacht surgit face à lui, il tente une manœuvre désespérée. En vain ! Le choc est si violent qu'Alice a l'impression que la vedette vole en éclats. Des cris d'effroi s'élèvent du yacht.

Tom s'est préparé au choc et il parvient à se retenir au pont du bateau. Jim a moins de chance : il passe par-dessus bord et disparaît dans le fleuve.

Un instant, Tom, pétrifié, le regarde tourbillonner dans l'eau.

Puis il entend des crépitements : le moteur a pris feu ! Dans un instant, les flammes vont atteindre le réservoir d'essence. Tom se rue dans la cabine.

— Vite, Mary ! crie-t-il. Il faut filer d'ici. Le bateau va sauter ! Vite !

— Où est Jim ?

— Il est tombé à l'eau.

— Et tu n'as rien fait ?

— Qu'est-ce que tu voulais que je fasse ?... Le courant est trop rapide ! Dépêche-toi, ou on va exploser avec le bateau.

Tom saisit sa sœur par la main et la tire vers la porte, mais elle résiste.

— Les bijoux, Tom ! Il faut les emporter !

— Pas le temps ! Le réservoir va exploser et le bateau se couche de plus en plus.

— Mais on ne peut pas les laisser.

— Je te dis qu'il n'y a pas une seconde à perdre ! Si on nous prend avec le butin, on est bons pour la prison. Allez, viens !

Et malgré sa résistance, Mary est traînée hors de la cabine. Mais à la vue de l'eau qui balaie le pont, elle est prise de panique.

— On n'atteindra jamais la rive, gémit-elle.

— N'aie pas peur. Il n'y a qu'à sauter.

Tom jette un regard en arrière et voit Alice étendue sur le sol à l'endroit où elle a été projetée au moment de l'accident.

— Et elle, qu'est-ce qu'on en fait ? demande-t-il à sa sœur. On la détache ?

Tout en parlant, il cherche son canif dans sa poche. Mary l'attrape brutalement par la main.

— Ne fais pas l'idiot !

— On ne va quand même pas la laisser se noyer !

— Et pourquoi pas ? Qui le saura ? Personne ne viendra la chercher au fond de l'eau. À l'inverse, si elle s'en tire, la première chose qu'elle fera, c'est d'appeler la police et on n'ira pas bien loin. Allez, filons avant qu'il ne soit trop tard.

Tom referme la porte de la cabine et Alice est abandonnée à son horrible sort.

En s'enfuyant, Mary et Tom sont convaincus que leur prisonnière est encore ligotée et solidement bâillonnée ; mais ils se trompent. Dans le choc qui a précipité la jeune fille à terre, le bâillon s'est desserré. Au début, assommée par sa chute, Alice ne se rend pas compte qu'il lui reste une chance d'appeler à l'aide. Pourtant quand la porte se referme sur elle, ses idées redeviennent plus claires.

— Au secours ! Au secours ! hurle-t-elle de toutes ses forces.

Pas de réponse. Elle est définitivement perdue. L'eau a sans doute envahi le moteur, éteignant le feu, mais le bateau s'incline de plus en plus ; d'une minute à l'autre, il va couler. Alice se débat désespérément : les cordes ne cèdent pas. Folle d'angoisse, elle lance un nouvel appel :

— Au secours !

Au bout d'un moment qui lui paraît une éternité, elle entend crier de loin :

— Il y a quelqu'un ?

— Au secours ! Sauvez-moi ! hurle la prisonnière en réunissant ses dernières forces. Je suis enfermée dans la cabine !

De l'appontement, un bruit de voix confus lui parvient à peine. Quelqu'un crie :

— Ne laissez pas filer ces deux-là avant que nous ayons découvert ce qui se passe dans cette vedette !

Au moment où Alice se sent défaillir, la porte de la cabine s'ouvre.

— Qu'est-ce que vous attendez pour sortir ? demande une voix rauque. La porte n'est pas fermée à clef et le bateau est à quai.

— Je suis attachée !

Lors de la collision, la lampe qui éclairait la cabine s'est éteinte. Quelqu'un gratte une allumette et pousse une exclamation à la vue d'Alice étendue à terre.

— Vite ! Sortez-la d'ici ! Le bateau coule.

Un homme se précipite vers elle et lui coupe ses liens. Alice se relève, mais elle a les membres tellement engourdis qu'elle chancelle. Son sauveteur la rattrape de justesse par le bras et l'aide à atteindre la rambarde. Une brassée d'eau sépare la vedette de l'appontement.

— Sautez ! ordonne un des hommes.

À bout de forces, Alice obéit. Des bras se tendent vers elle et la saisissent. L'homme qui l'a sauvée saute à sa suite.

— Il était temps..., murmure quelqu'un.

Terriblement affaiblie par l'effrayante aventure qu'elle vient de vivre, Alice se retourne et regarde la vedette. Bientôt, celle-ci va disparaître dans le fleuve.

« Les bijoux ! songe-t-elle tristement. Eux aussi vont aller au fond. »

Ce serait de la folie de remonter sur l'embarcation et pourtant, il doit bien y avoir un moyen de sauver l'héritage d'Emily. À la vue du yacht immobilisé à portée de la rive, une idée soudaine lui vient.

La jeune détective court sur le quai et, quand elle arrive à la hauteur du yacht, elle appelle le commandant qui se tient sur le pont.

— Il ne faut pas laisser ce bateau couler ! lui crie-t-elle. Il y a une cargaison précieuse à bord. Est-ce que vous pourriez lancer des grappins ?

— On va essayer !

Soudain, les pensées d'Alice se tournent vers Jim Flipp, qui a disparu dans les profondeurs du fleuve. Elle se souvient de ce que Tom a dit à sa sœur. Horrifiée par l'attitude inhumaine de ces deux malfrats qui ont laissé leur ami se noyer, elle veut tenter de sauver celui-ci elle-même.

« Pourvu qu'il ne soit pas trop tard », pense-t-elle.

Juste à ce moment, un cri s'élève de la foule assemblée sur le quai et Alice, tournant la tête dans cette direction, voit deux individus remonter sur la rive, les vêtements dégoulinants d'eau. Elle reconnaît Jim et comprend que l'autre est l'homme qui l'a sauvé.

« Ouf ! » se dit-elle.

Mais son soulagement fait aussitôt place à un sentiment de colère : Jim repousse l'homme qui le soutient et s'enfuit en courant !

— Arrêtez-le ! Arrêtez-le ! crie Alice. C'est un voleur !

chapitre 18

Pris

Au cri poussé par Alice, plusieurs personnes s'élancent à la poursuite de Jim Flipp. Les événements se sont déroulés à une telle vitesse depuis que la jeune fille a été abandonnée à bord de la vedette qui coulait, qu'elle n'a pas eu le temps d'accorder une seule pensée à Mary Mazo et à son frère. Elle n'a eu qu'une idée : sauver sa peau et récupérer les bijoux Crandall. Maintenant, tandis qu'elle se fraie un chemin à travers la foule qui s'est amassée, elle se demande ce que sont devenus les deux misérables.

À son grand soulagement, elle les aperçoit à la lumière d'un projecteur. Un officier les interroge.

Grâce à ce qu'elle a entendu quand elle était encore prisonnière à bord du bateau, Alice devine que les voleurs ont été pris au moment où ils quittaient la vedette. Ses appels à l'aide ont dû rendre suspecte leur fuite précipitée. Il faut intervenir ! Elle court à perdre haleine.

En passant à côté de l'officier qui interroge Mary Mazo, elle l'entend dire :

— Non, mademoiselle, je ne peux pas vous laisser partir avant l'arrivée de la police.

— La police ? s'écrie Mary alarmée.

D'un geste brusque, elle se dégage de la main qui la tient et prend la fuite. Tom, l'imitant aussitôt, s'éloigne dans la direction opposée à celle de sa sœur.

— Arrêtez-les ! Ces gens sont dangereux ! crie Alice.

L'officier se précipite à la suite de Tom.

Mais Alice ne reste pas inactive. Rapide comme l'éclair, elle se lance à la poursuite de Mary. La jeune fille a quelques mètres d'avance, mais la détective est une excellente sportive et la colère lui donne des ailes.

Déjà, Mary débouche sur la route mais Alice la rattrape bientôt. Elle se rapproche de plus en plus de la fugitive pour la déséquilibrer. Avec un cri de fureur, Mary roule sur le bas côté.

— Ta chance a tourné, on dirait, dit Alice sèchement.

Mary lui décoche un regard haineux et tente de se relever.

— Ne bouge pas ! ordonne Alice, qui l'immobilise aussitôt en s'asseyant sur elle.

Rapidement quelques hommes accourent pour lui prêter main-forte.

— Qu'est-ce qui se passe ? demande l'un d'eux. Elle a volé quelque chose ?

— Non, je n'ai rien volé du tout ! proteste Mary.

— Surveillez-la bien, dit Alice qui a retrouvé son sang-froid. Est-ce que l'un de vous peut appeler la police ?

Assurée que Mary ne s'échappera plus, Alice se dépêche de regagner les quais afin de savoir si Tom a été repris. À sa vive satisfaction, elle voit un officier de marine qui le ramène.

— Il ne manque plus que Jim Flipp ! dit Alice.

— On l'a eu lui aussi ! crie une voix.

Quelques instants plus tard, deux hommes arrivent, encadrant le marinier.

À sa tenue désordonnée, on devine que la lutte a été rude.

— Est-ce que vous avez quelque chose à reprocher à ces trois personnes ? demande l'officier de marine en s'adressant à Alice.

— Ça oui ! Ce sont des bandits de la pire espèce. Ils ont volé une fortune en bijoux à une de mes amies...

— C'est un mensonge ! crie Mary.

— Je sais aussi qu'ils sont recherchés pour des délits mineurs, poursuit Alice sans se laisser démonter. Quand ils ont découvert que je les avais démasqués, ils m'ont bâillonnée, m'ont lié les mains dans le dos et m'ont embarquée de force à bord de leur vedette. Quand le yacht nous est rentré dedans, ils m'ont abandonnée sur place !

— C'est exact, confirment les hommes qui ont sauvé Alice. Quand on est entrés dans la cabine, elle était attachée.

— La vedette naviguait tous feux éteints, dit une voix calme. Sinon je l'aurais vue à temps.

Tous se retournent et voient un homme âgé, d'allure distinguée, s'approcher du groupe. Alice reconnaît le commandant du yacht.

— Voici le commandant Dudlin, annonce l'officier de marine. Il n'y a pas meilleur navigateur que lui. C'est un homme d'honneur, on peut le croire sur parole.

Alice répète son histoire au nouvel arrivant. Quand elle a terminé, Mary nie farouchement les accusations que sa victime vient de porter contre elle.

— C'est de la pure invention, dit-elle. Si on l'a attachée et bâillonnée c'est parce qu'on l'avait surprise en train de fouiller dans notre vedette. Après l'accident, on était tellement bouleversés qu'on s'est sauvés sans penser à elle.

— C’est vrai ! confirme Tom.

Cette déclaration laisse Alice sans voix. Mary s’empresse de profiter de son avantage.

— Elle n’a que sa parole contre nous trois, dit-elle hardiment. Elle n’a aucune preuve !

— Du calme, s’il vous plaît, ordonne le commandant. Nous allons tirer cette affaire au clair.

— Si ce qu’elle raconte est vrai, qu’elle montre donc les bijoux qu’on est censés avoir volés ! reprend Mary.

Consciente d’avoir marqué un point, elle lance à Alice un regard triomphant.

— Malheureusement, je ne peux pas le faire, dit Alice. Les bijoux sont dans la vedette qui est maintenant au fond du fleuve.

— Belle excuse ! rétorque Mary.

— Nous allons vérifier tout de suite si votre histoire est vraie ou non, déclare le commandant Dudlin. Parce que l’embarcation n’a pas coulé.

— Quoi ? crie Mary interloquée.

— À la demande de cette jeune fille, dit-il en désignant Alice, mes hommes ont jeté des grappins et ont réussi à garder la vedette à flot.

— Oh ! c’est une excellente nouvelle ! s’écrie Alice.

Sous le coup de la fatigue et de l’émotion, le sort de la vedette lui était complètement sorti de l’esprit.

— Très bien, dit Mary sarcastique. Elle n’a

qu'à aller chercher ces fameux bijoux puisqu'elle dit qu'ils sont à bord.

— Vous voulez bien y aller, mademoiselle... Au fait quel est votre nom, je vous prie ? demande le commandant.

— Alice Roy.

— Roy ! s'étonne le commandant. Auriez-vous un lien de parenté avec James Roy, par hasard ?

— C'est mon père.

— Ça alors ! Mais je le connais très bien. Il faut appeler la police immédiatement !

— Vous n'avez pas le droit de nous traiter comme ça ! s'écrie Mary prenant un air outragé. Tout ce que nous demandons c'est que Mlle Roy montre ces bijoux.

— Nous gagnerions du temps si vous acceptiez, dit le commandant à Alice. Vous savez certainement où ils se trouvent.

— Oui, murmure Alice, assez ennuyée. J'en ai une vague idée en tout cas.

Au regard satisfait que Mary lui lance, Alice comprend que celle-ci s'imagine avoir gagné la bataille.

« Elle pense que je ne les trouverai pas, se dit-elle soucieuse. Pourvu qu'elle se trompe ! Si je ne mets pas la main dessus tout de suite, Emily ne verra probablement jamais la couleur de son héritage. »

chapitre 19

L'horloge

— Mademoiselle Roy, vous devriez aller attendre dans le hangar. Vous serez à l'abri de la pluie, dit le commandant en s'adressant à Alice. Je vais faire remorquer la vedette vers un endroit où on pourra y embarquer sans danger. Cela ne prendra que quelques minutes.

— Je vous remercie, répond Alice d'une voix calme.

— Puisque vous avez fini de m'interroger, je voudrais bien m'en aller, dit Mary Mazo d'une voix pleine de colère. Mes vêtements sont trempés et...

— Si vous essayez encore de vous échapper, nous appellerons la police sans attendre que Mlle Roy puisse prouver que vous avez volé les bijoux, déclare le commandant.

— Elle ne trouvera rien.

— Accompagnez ces trois personnes dans un hangar, ordonne le commandant Dudlin.

Malgré ses protestations énergiques, Mary est emmenée avec ses deux compagnons. Alice suit sans se faire prier, trop heureuse d'échapper à la pluie glaciale. Son expression calme ne laisse deviner aucune inquiétude ; et pourtant elle est préoccupée. Où les bijoux peuvent-ils bien être ? Si elle ne les trouve pas, que vaudra sa parole contre celle de Mary et de ses complices ?

Elle est plongée dans ses réflexions lorsque le commandant Dudlin s'avance à l'entrée du hangar et l'informe qu'elle peut monter à bord de la vedette.

— J'exige d'assister aux recherches, dit Mary.

— C'est d'accord, dit le commandant après un instant d'hésitation. Je n'y vois aucun inconvénient.

Alice s'avance vers la vedette.

Derrière elle vient Mary, sous la surveillance de l'officier de marine.

Non sans inquiétude, Alice franchit la passerelle et pénètre dans la cabine. Tout est dans le même état qu'au moment de l'accident.

La jeune détective promène son regard autour d'elle, se demandant par où commencer.

— Eh bien, montre-les, ces fameux bijoux, si tu sais où ils sont ! dit Mary triomphante.

Sans répondre, Alice ouvre les tiroirs de la

table. Comme elle s'y attendait, il n'y a rien. Sans se décourager, elle fait le tour des murs en les tapotant légèrement. Apparemment, les panneaux ne sont pas creux.

— Je vous l'avais bien dit ! déclare Mary en s'adressant au commandant. Vous voulez bien me laisser partir maintenant ?

— Je n'ai pas fini de chercher, répond Alice sèchement. Je sais que ces bijoux sont cachés ici.

— Prenez tout votre temps, lui dit aimablement le commandant.

Le regard d'Alice est alors attiré par une horloge ronde dont les aiguilles sont arrêtées. C'est un objet tout à fait ordinaire et Alice n'aurait pas été intriguée si, en se retournant, elle n'avait pas surpris de l'affolement dans les yeux de Mary. Celle-ci semble ne pas pouvoir détacher son regard du cadran. Remarquant qu'Alice la surveille, elle se détourne en simulant une parfaite indifférence. Mais Alice a compris.

Elle se précipite vers l'horloge.

— C'est ridicule ! s'écrie Mary sans réussir à dominer le tremblement de sa voix.

Vite, Alice ouvre le verre du cadran. Celui-ci lui paraît mal fixé et elle essaie de le faire sauter avec ses doigts.

— Prenez mon canif, dit le commandant Dudlin en lui tendant un petit objet.

— Merci, dit-elle, c'est exactement ce qu'il me fallait.

À l'aide du couteau, Alice défait deux petites vis. Le cadran se détache alors de lui-même.

— J'ai trouvé la cachette ! s'écrie Alice.

À la place du mécanisme d'horlogerie, il y a une boîte ronde en métal, enfoncée dans la paroi. À sa grande joie, Alice l'extrait sans difficulté.

Elle la pose sur la table et jette un regard triomphant à Mary Mazo.

— Voilà la preuve que je n'ai pas menti, n'est-ce pas ?

Elle soulève le couvercle. Et, devant ses yeux, apparaissent des bijoux comme elle n'en a jamais vus. D'admirables diamants sur montures anciennes, des bracelets splendides, des pendentifs de rubis, des broches d'émeraudes. Un moment, Alice en a le souffle coupé tant elle est éblouie.

— C'est incroyable ! s'exclame le commandant Dudlin, rompant le silence. Quelle merveilleuse collection !

— Elle appartient à Emily Crandall, une de mes amies, dit Alice. Mais je crains qu'il ne manque quelques pièces.

Le commandant se tourne vers Mary et d'un ton sévère lui demande :

— Et maintenant, qu'avez-vous à dire pour votre défense, mademoiselle ?

Mary a perdu toute son arrogance. La mine défaite, elle baisse les yeux.

— C'est bon, vous avez gagné, dit-elle avec un haussement d'épaules résigné.

— Vous admettez que ce que dit Mlle Roy est vrai ?

— Oui, j'ai volé les bijoux.

— Et qu'est-ce que vous avez fait de ceux qui manquent ? demande Alice.

— On a mis plusieurs diamants en gage, avoue Mary à contrecœur.

— Où ? demande Alice.

— Chez un prêteur que connaît Jim Flipp, à Dockville. Il habite place Roosevelt.

— Je connais Dockville, dit Alice au commandant. On retrouvera peut-être ces bijoux.

— La première chose à faire maintenant, dit le commandant, c'est d'envoyer les coupables au commissariat.

Moins d'un quart d'heure plus tard, un fourgon de police arrive, et, menottes aux mains, les trois complices montent à bord du véhicule.

— Ça fait près d'un an qu'on tient cette fille à l'œil, dit un des agents à Alice. On la recherche pour une dizaine de vols moins importants. Vous avez fait du beau travail, mademoiselle.

— Je vous remercie. Maintenant, il faut que je rentre au plus vite à River City. Mme Faustine est soupçonnée à tort de ce vol et les inspecteurs doivent venir l'arrêter ce matin même.

— Je vous reconduirai avec plaisir si vous voulez, offre l'officier de marine qui a interrogé les coupables.

— Merci beaucoup. Je veux bien que vous me raccompagniez à Dockville. J'y ai laissé ma voiture.

Alice prend alors congé du commandant.

Au cours de la nuit, la tempête s'est calmée et, en montant dans son cabriolet qui était resté garé dans une rue proche de la maison de Mary, Alice est tout étonnée de constater que le ciel s'est éclairci. Déjà, le soleil pointe à l'horizon.

— Oh ! fait-elle en étouffant un bâillement. Quelle nuit ! Mais on ne peut pas dire que je regrette de l'avoir vécue. Tout ce que je souhaite maintenant c'est d'arriver à bon port avec les bijoux. Dès que je les aurai rendus à Emily, je me couche et je dors pendant au moins quarante-huit heures !

chapitre 20

Féerie sur le lac

Par cette chaude soirée de fin juillet, il est facile de deviner en passant devant l'auberge des Lilas, qu'il s'y déroule une grande fête. Des lumières étincellent partout dans la salle, et les jardins sont illuminés comme en plein jour. Des projecteurs font scintiller les eaux du lac de leurs faisceaux multicolores. Les notes des violons, des harpes et des violoncelles s'échappent des fenêtres d'une vaste salle à manger privée.

À l'intérieur, les convives, assis autour d'une longue table, ne peuvent s'empêcher de tourner les yeux fréquemment vers une jeune fille qui occupe la place d'honneur. Dans sa robe de soie bleu sombre, Alice n'a jamais paru plus belle et plus séduisante.

— Madame, dit-elle en s'adressant à Mme Faustine, son hôtesse, c'est la première fois

que j'assiste à une aussi belle réception. Vous êtes si gentille d'avoir organisé ce dîner avec Emily. Je ne le mérite vraiment pas.

— Ma chère Alice, répond Mme Faustine avec un sourire heureux, je ne vous remercierai jamais assez. Sans vous, je serais en prison à l'heure qu'il est !

— Oh ! Vous exagérez, intervient M. Roy. On n'aurait pas pu vous garder en détention sur de simples présomptions.

— Peut-être. Il n'empêche que j'aurais été arrêtée et je n'aurais probablement pas supporté cette épreuve. Alice m'a tirée d'une bien mauvaise situation.

— Elle a fait encore plus pour moi, coupe Emily. Sans elle, je pouvais dire adieu à mes bijoux.

— Au fait, est-ce que vous les avez tous retrouvés ? demande Mme Voltir avec un vif intérêt. Je croyais que certains avaient été vendus.

— Il en manque un seul, ce qui n'est pas très grave. Alice a mené une enquête minutieuse et elle a découvert les autres chez un prêteur sur gages de Dockville, poursuit Emily. La police l'a obligé à restituer tous les bijoux qu'il détenait.

— Je commence à croire que rien n'est trop difficile pour toi, Alice, dit Mme Faustine en riant. Tu as un extraordinaire talent de détective.

— En parlant de détective et de mystère, intervient M. Roy en se tournant vers l'hôtesse, vous ne nous avez jamais dit pourquoi vous vous étiez rendue à la banque la veille du jour où vous êtes allée retirer les bijoux.

— Encore une de mes idées stupides ! répond Mme Faustine. En fait, voilà : j'étais inquiète, je me demandais si les bijoux étaient vraiment en sûreté dans ces coffres et je voulais vérifier s'ils y étaient encore. Pourtant, je savais qu'il n'y avait rien à craindre et d'ailleurs, il était un peu tard pour m'en préoccuper. Mais j'ai deux gros défauts : je suis impulsive et je m'inquiète sans raison. Les inspecteurs n'ont pas voulu me croire quand je le leur ai dit, et c'est bien compréhensible.

— Et puis, ils savaient que vous aviez des difficultés financières et cela a joué contre vous, observe M. Roy.

— Oui, j'étais sur le point de me mettre un emprunt sur le dos et, finalement, un placement que j'avais fait s'est révélé beaucoup plus fructueux que prévu ; mes problèmes d'argent ne sont plus qu'un mauvais souvenir.

— Nous avons été tous plus ou moins soupçonnés, dit Mme Voltir avec une pointe de rancune. Allez, mademoiselle Roy, vous pouvez avouer maintenant que vous m'avez un moment classée parmi les suspects.

— Pas sérieusement, répond Alice en riant. Mais reconnaissez que vous n’avez pas vraiment coopéré avec moi.

— C’est vrai, reconnaît Mme Voltir, et je m’en excuse.

— Il y avait aussi cette Viola Granger, dit M. Roy. J’avais pensé à elle à cause de son casier judiciaire. Et puis elle aussi a touché de grosses sommes à ce moment-là.

— D’où venait tout cet argent ? demande Mme Faustine avec curiosité.

— Oh ! D’une source tout à fait légitime. Elle vient de divorcer, et son ex-mari lui verse depuis peu une importante pension alimentaire.

— Et ce pauvre Marc ! dit Emily. On a été odieuses avec lui.

— J’étais convaincue que c’était lui qui avait pris mon sac, dit Mme Faustine, désolée. Pour me faire pardonner, je lui ai offert un très beau cadeau.

— L’auberge des Lilas semble avoir retrouvé sa superbe ! remarque M. Roy. J’ai bien cru que le restaurant allait devoir fermer après un tel scandale.

— La direction peut remercier Alice, elle lui doit une fière chandelle, dit Emily vivement.

Alice se met à rire.

— C’est déjà fait. Cet après-midi, la gérante m’a dit que je pouvais venir et amener autant d'amis que je voudrais – sans que cela me coûte un sou !

— Compte sur nous pour te le rappeler ! s'exclament en chœur Bess et Marion, venues fêter les exploits d'Alice.

— J'ai de la chance d'avoir une fille aussi remarquable ! renchérit M. Roy, les yeux pétillants de malice. Plus besoin de payer la note au restaurant maintenant !

— Oh ! papa, ce que tu peux être terre à terre !

— Je te taquine, Alice ! Je suis fier de toi, tu le sais bien. Tu as accompli un travail exceptionnel. Quand tu t'es lancée dans cette aventure, je dois avouer que je ne me faisais pas trop d'illusions.

— Je ne croyais pas moi-même que j'arriverais à retrouver les voleurs. Et je n'étais franchement pas rassurée quand ils m'ont abandonnée dans la cabine, ficelée comme un saucisson.

M. Roy hoche la tête mélancoliquement.

— Je vais me faire des cheveux blancs avant l'heure, Alice, avec tes folles aventures.

— J'espère que non, parce que ce métier de détective me passionne et que je n'ai pas l'intention de l'abandonner, répond gaiement Alice. Après tout, je ne fais que suivre tes traces.

— Allons, tout est bien qui finit bien. Les

bandits sont sous les verrous et ils ne commettront pas de nouveau méfait de sitôt.

— Ils ont été condamnés tous les trois ? demande Mme Voltir.

— Ils ont plaidé coupables, dit M. Roy. Le juge les a condamnés à de longues peines de prison. Ils avaient déjà un bon nombre de vols à leur palmarès.

— C'est étrange que Mary Mazo n'ait rien pris chez Mme Mistrel quand elle travaillait chez elle, remarque Emily.

— Oui, dit Alice, et quand je l'ai appris, j'ai failli laisser tomber cette piste. Je pense qu'elle préparait un grand coup et qu'elle a été renvoyée avant d'avoir eu le temps de mettre son plan à exécution.

— Alice, je voudrais vraiment t'offrir quelque chose pour te remercier.

— Il n'en est pas question, Emily, je ne travaille pas par intérêt. Tu sais très bien que je n'accepterai pas un sou de ta part.

— Oui, Alice s'est fait un point d'honneur de ne jamais accepter le moindre centime, ajoute James Roy, volant au secours de sa fille.

— C'est ce que je craignais, dit Emily, alors j'ai pris mes précautions.

Tout en parlant, elle tend un petit paquet à son amie, en disant :

— Prends ceci. Et tu n'as pas intérêt à refuser, sinon gare à toi !

— Oh ! Emily, qu'est-ce que c'est ? demande Alice, surprise, en s'efforçant de défaire le ruban qui entoure le paquet.

— Un petit souvenir pour te dire ma reconnaissance.

Alice défait le lien de soie sous les regards attentifs de tous. Quand le dernier papier est enlevé, tous voient le merveilleux cadeau – un superbe bracelet incrusté de pierres précieuses. C'est une des plus belles pièces de la collection Crandall.

— Emily, tu es trop généreuse ! Je ne peux pas accepter..

— Ce n'est vraiment pas grand-chose en comparaison de ce que tu as fait. S'il te plaît, accepte-le !

Alice hésite un instant, puis voyant que son amie aurait de la peine si elle le refusait, elle la remercie chaleureusement.

Quelqu'un propose de boire à la santé d'Alice. D'un même mouvement tous se lèvent et Alice, très embarrassée, fait un petit discours. Enfin, les convives se séparent.

Au moment où Alice s'apprête à dire au revoir à Emily, celle-ci l'attire à l'écart et lui dit :

— Je voulais t'annoncer quelque chose, mais je n'avais pas envie d'en parler devant tout le monde. Bill et moi, nous allons nous marier le mois prochain.

— Félicitations, Emily ! Tous mes vœux.

— Tu veux bien être demoiselle d'honneur ?

— Avec joie !

Emily jette un regard vers le lac et pousse un soupir en songeant au jeune homme. Alice lui presse gentiment la main. Elle aussi contemple un instant les lumières qui scintillent sur l'eau.

« La fin d'une très belle soirée, se dit Alice. Et de cette grande énigme, qui se termine à l'endroit même où elle a commencé : à l'auberge des Lilas. Qui sait où aura lieu ma prochaine aventure ? »

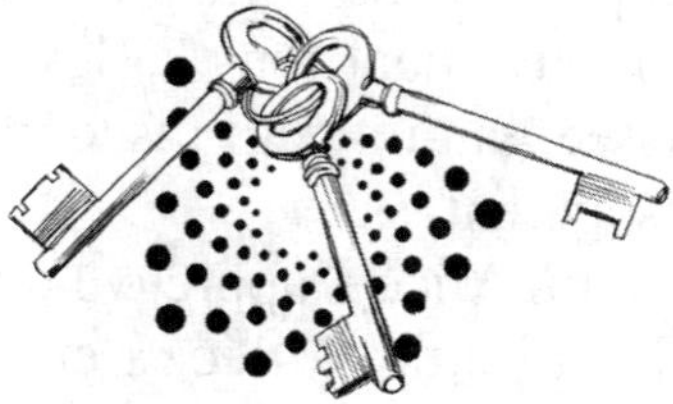

Table

« Pour l'éditeur, le principe est d'utiliser des papiers composés de fibres naturelles, renouvelables, recyclables et fabriquées à partir de bois issus de forêts qui adoptent un système d'aménagement durable. En outre, l'éditeur attend de ses fournisseurs de papier qu'ils s'inscrivent dans une démarche de certification environnementale reconnue. »

Composition ***Jouve*** – 62300 Lens

Imprimé en France par Jean-Lamour - Groupe Qualibris
Dépôt légal : juillet 2009
20.07.1151.8/04 – ISBN 978-2-01-201151-9
Loi n°49-956 du 16 juillet 1949
sur les publications destinées à la jeunesse